共和国故事

造福于民

——荆江分洪工程开工建设

张学亮 编写

吉林出版集团股份有限公司

图书在版编目（CIP）数据

造福于民：荆江分洪工程开工建设/张学亮编. —
长春：吉林出版集团股份有限公司，2009.12
（共和国故事）
ISBN 978-7-5463-1732-8

Ⅰ. ①造… Ⅱ. ①张… Ⅲ. ①纪实文学 – 中国 – 当代 Ⅳ. ①I25

中国版本图书馆 CIP 数据核字（2009）第 237334 号

造福于民——荆江分洪工程开工建设
ZAOFU YU MIN　JINGJIANG FENHONG GONGCHENG KAIGONG JIANSHE

编写	张学亮		
责任编辑	祖航　林丽		
出版发行	吉林出版集团股份有限公司		
印刷	三河市嵩川印刷有限公司		
版次	2010 年 1 月第 1 版		2022 年 1 月第 8 次印刷
开本	710mm×1000mm　1/16	印张	8　字数　69 千
书号	ISBN 978-7-5463-1732-8	定价	29.80 元
社址	吉林省长春市福祉大路 5788 号		
电话	0431 – 81629968		
电子邮箱	tuzi8818@126.com		

版权所有　翻印必究

如有印装质量问题，请寄本社退换

前　言

自1949年10月1日中华人民共和国成立至今,新中国已走过了60年的风雨历程。历史是一面镜子,我们可以从多视角、多侧面对其进行解读。然而有一点是可以肯定的,那就是,半个多世纪以来,在中国共产党的领导下,中国的政治、经济、军事、外交、文化、教育、科技、社会、民生等领域,都发生了深刻的变化,中国人民站起来了,中华民族已屹立于世界民族之林。

60年是短暂的,但这60年带给中国的却是极不平凡的。60年的神州大地经历了沧桑巨变。从开国大典到60年国庆盛典,从经济战线上的三大战役到经济总量居世界第三位,从对农业、手工业、资本主义工商业的三大改造到社会主义市场经济体制的基本确立,从宜将剩勇追穷寇到建立了强大的国防军,从废除一切不平等条约到独立自主的和平外交政策,从"双百"方针到体制改革后的文化事业欣欣向荣,从扫除文盲到实施科教兴国战略建设新型国家,从翻身解放到实现小康社会,凡此种种,中国人民在每个领域无不留下发展的足迹,写就不朽的诗篇。

60年的时间在历史的长河中可谓沧海一粟。其间究竟发生了些什么,怎样发生的,过程怎样,结果如何,却非人人都清楚知道的。对此,亲身经历者或可鲜活如昨,但对后来者来说却可能只是一个概念，对某段历史的记忆影像或不存在，或是模糊的。基于此，为了让年轻人，特别是青少年永远铭记共和国这段不朽的历史，我们推出了这套《共和国故事》。

《共和国故事》虽为故事，但却与戏说无关，我们不过是想借助通俗、富于感染力的文字记录这段历史。在丛书的谋篇布局上，我们尽量选取各个时代具有代表性或深具普遍意义的若干事件加以叙述，使其能反映共和国发展的全景和脉络。为了使题目的设置不至于因大而空，我们着眼于每一重大历史事件的缘起、过程、结局、时间、地点、人物等，抓住点滴和些许小事，力求通透。

历史是复杂的，事态的发展因素也是多方面的。由于叙述者的视角、文化构成不同，对事件的认知或有不足，但这不会影响我们对整个历史事件的判断和思考，至于它能否清晰地表达出我们编辑这套书的本意，那只能交给读者去评判了。

这套丛书可谓是一部书写红色记忆的读物，它对于了解共和国的历史、中国共产党的英明领导和中国人民的伟大实践都是不可或缺的。同时，这套丛书又是一套普及性读物，既针对重点阅读人群，也适宜在全民中推广。相信它必将在我国开展的全民阅读活动中发挥大的作用，成为装备中小学图书馆、农家书屋、社区书屋、机关及企事业单位职工图书室、连队图书室等的重点选择对象。

编　者
2010 年 1 月

目录

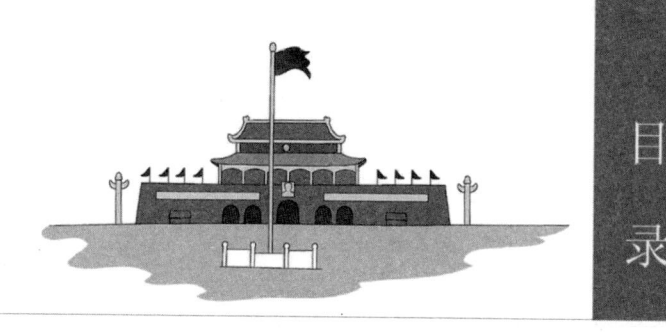

一、中央决策

  毛泽东审批分洪计划 / 002

  政务院发布分洪规定 / 005

  中南军政委作出分洪决定 / 011

二、施工建设

  分洪工程全线开工 / 016

  修建太平口进洪闸 / 021

  修建虎渡河拦河坝 / 031

  修建黄山头节制闸 / 043

  修建荆江防洪大堤 / 051

  修筑黄天湖防洪大堤 / 058

  物资运到工地 / 069

  苏联专家参加建设 / 076

三、工程竣工

  分洪工程胜利完工 / 080

  分洪工程通过验收 / 086

  修建分洪工程纪念碑 / 091

  毛泽东接见工程劳模 / 094

目录

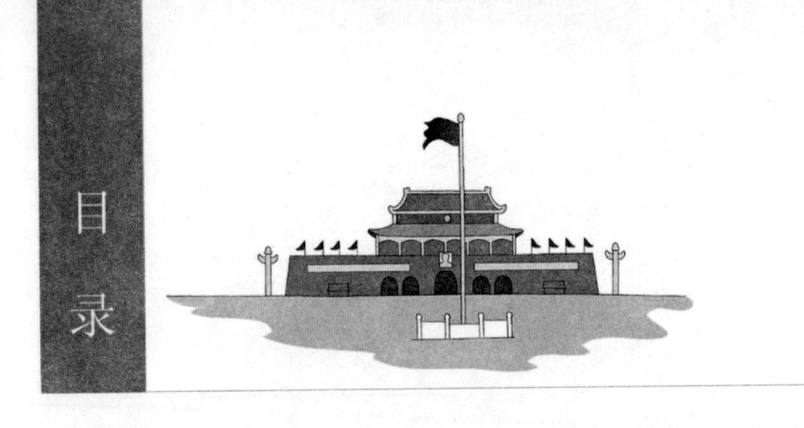

四、首次分洪

首次使用分洪工程/098

北闸三次开闸分洪/105

分洪区人民的奉献/113

一、中央决策

● 毛泽东题词：为了广大人民的利益，争取荆江分洪工程的胜利！

● 政务院作出决定：为保障两湖千百万人民生命财产的安全起见，在长江治本工程未完成以前，加固荆江大堤并在南岸开辟分洪区乃是当前急迫需要的措施。

毛泽东审批分洪计划

1950年冬，毛泽东审阅并批准了长江水利委员会向中央报送的《荆江分洪工程计划》。

在国家财力、物力都比较薄弱的情况下，荆江分洪工程是新中国全面治理长江的序曲。

长江流经湖北枝城至湖南岳阳附近的城陵矶长377公里的这一段，被称为荆江。

由于地势平坦、河道弯曲、水流宣泄不畅，加之上游洪水又常与洞庭湖湘、资、沅、澧水及清江、沮漳河相遇，荆江汛期洪水水位常高出堤外地面10多米。所以有"万里长江，险在荆江"之说。

为了缓解荆江容量不能安全承泄长江最大洪水来量的矛盾，新中国成立伊始，毛泽东、周恩来就开始酝酿修建荆江分洪工程的计划。

1950年国庆节期间，他们听取了中南局代理书记邓子恢关于荆江分洪工程设计方案的汇报。

同年冬，周恩来给邓子恢写信，指出搞荆江分洪工程，先让长江水利委员会写出一个计划书来。

周恩来请邓子恢召集中南局会议征求意见，并向湖北张难先、湖南程潜等做说服工作。

《荆江分洪工程计划》中说：

> 荆江南岸有4口分流。自上而下依次为：松滋河的松滋口，虎渡河的太平口，藕池河的藕池口和华容河的调弦口。

4口分泄荆江洪流注入洞庭湖，与湘资沅澧4水汇合后于城陵矶出长江。

由于4口入湖泥沙的淤积，导致4口分流日益减少，从而逐年抬高荆江水位。

荆江北岸有闻名遐迩的江汉平原。

荆江南北两岸地面分别低于沙市站汛期水位达8至13米。涨水时，人在水下走，水在屋顶行，形似地上河。

汛期洪水严重威胁荆江堤防，荆江北岸的荆江大堤首当其冲，形势十分险要。

当地人民每年洪汛期都在提心吊胆过日子，故有民谣：

> 荆沙不怕刀兵动，只怕南柯一梦中。

《荆江分洪工程计划》本着"蓄泄兼筹，以泄为主"、"江湖两利"的原则，以1931年8月5日至25日宜昌至枝江洪峰水位、流量为标准，配合荆江北岸加固荆江大堤，在荆江南岸藕池口安乡河以北，太平口虎渡河以东地区，开辟921平方公里的分洪区。

以分、蓄荆江上游洪水的超量洪峰流量，减轻洪水对荆江北岸大堤的威胁。

1952年4月5日，荆江分洪工程全面开工。

5月24日，水利部长傅作义代表中央到荆江分洪工程工地慰问，授予绣有毛泽东、周恩来亲笔题词的两面锦旗。

毛泽东在给荆江分洪工程全体员工的锦旗上题词：

为了广大人民的利益，争取荆江分洪工程的胜利！

周恩来为参加荆江分洪工程的全体员工们题词：

要使江湖都对人民有利！

政务院发布分洪规定

1952年3月31日,中央人民政府政务院发布《关于荆江分洪工程的规定》:

长江中游荆江段由于河道狭窄淤垫,下游弯曲,不能承泄大量洪水,且堤身高出地面十多公尺,每当汛期,洪峰逼临,险工迭出,时有溃决的危险。如一旦溃决,不仅江汉广大平原遭受淹没,并将影响长江通航,且在短期内难以堵口善后。不决,则以长江水位抬高,由四口,即松滋、太平、藕池、调弦,注入洞庭湖的水量势必增多,滨湖多数堤垸必遭溃决。为保障两湖千百万人民生命财产的安全起见,在长江治本工程未完成以前,加固荆江大堤并在南岸开辟分洪区乃是当前急迫需要的措施。

荆江分洪工程完成以后,如长江发生异常洪水需要分洪时,既可减轻洪水对荆江大堤的威胁,并可减少四口注入洞庭湖的洪量。同时,做好分洪区工程又能保障滨湖区不因分洪而受危害。这一措施对湖北、湖南人民都是有利的。为此,本院特作下列规定:

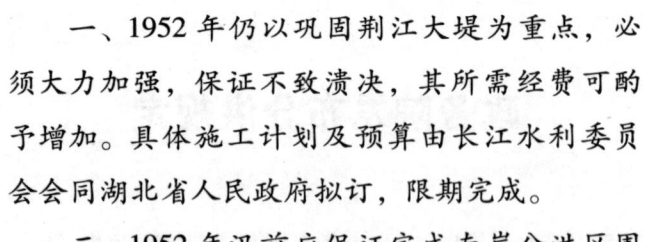

一、1952年仍以巩固荆江大堤为重点，必须大力加强，保证不致溃决，其所需经费可酌予增加。具体施工计划及预算由长江水利委员会会同湖北省人民政府拟订，限期完成。

二、1952年汛前应保证完成南岸分洪区围堤及节制闸、进洪闸等工程，并切实加强工程质量。其所需人力，应由湖北、湖南和部队分别负担。

三、1952年不拟分洪。如万一长江发生异常洪水威胁荆江大堤的最后安全，在荆江分洪工程业已完成的条件下，可以考虑分洪，但必须由中南军政委员会报请政务院批准。

四、湖北省分洪区移民工作应于汛前完成。

五、关于长江北岸的蓄洪问题，应即组织察勘测量工作，并与其他治本计划加以比较研究后再行确定。

六、为胜利完成1952年荆江分洪各主要工程，应由中南军政委员会负责组成一强有力的荆江分洪委员会和分洪工程指挥机构，由长江水利委员会，湖南、湖北两省人民政府及参加工程的部队派人参加，并由中南军政委员会指派得力干部任正副主任。工程指挥机构的行政与技术人员由各有关单位调配。

上述各项工程，因时间紧迫必须抓紧时机

进行周密的准备工作，并保证按期完成。至于人力、器材、运输及技术等方面，如中南力量不足时，得提出具体计划，速报请政务院予以解决。

其实，早在1951年1月12日，中央政务院第六十七次政务会议上，周恩来就指出：

长江的沙市工程，即荆江分洪工程，在必要时，就要用大力修治，否则，一旦决口，就会成为第二个淮河。

但是，江湖矛盾引起湖南、湖北两省人民生死利害的矛盾。对修建荆江分洪工程，湖北持积极态度，湖南则有些顾虑。

当1951年长江水利委员会为荆江分洪工程做了一些前期准备工作时，湖南常德专署则给毛泽东写信，状告长委会的做法损害了洞庭湖滨湖地区群众的利益。

在这种情况下，1952年2月20日，周恩来主持召开了有两湖有关人员参加的荆江分洪工程会议，调解两湖纠纷。

周恩来反复询明各种情况后，先表扬常德专署写信给毛泽东，关心滨湖群众利益。

2月23日夜，周恩来向毛泽东和中央写了关于荆江

分洪工程会议情况的报告,指出:

  如遇洪水,进行无准备的分洪,必致危及洞庭沿湖居民,如肯定不分洪则在荆江大堤濒于溃决的威胁下,仍存在着不得已而分洪的可能和危险。这就是两省利害所在的焦点。
  经反复研究并询明各种情况,得知中南对于这样大事于中央决定后只在政治报告会上做了一次传达,并未作任何切实的布置,亦未召集两省有关人员及负责同志开会商讨,便轻易地交给长江水利委员会去进行,同时两省负责同志对此事也未引起应有的注意,群众中除移民的部分外更不知道这件事。

对此,周恩来提出了具体处理办法,并主持起草了《政务院关于荆江分洪工程的决定》初稿。他说:

  这一决定是我当场征求了各方有关同志并在会后又征求了养病中的袁任远的同意作出的,现送上请审阅,拟将此决定草案再电询子恢、先念、克诚等同志意见后再以正式文件下达。

2月25日,毛泽东审阅周恩来的报告并批示:

> 周总理：同意你的意见及政务院决定；请将你这封信抄寄邓子恢同志。

2月底，李葆华同苏联水利专家布可夫一道去武汉，然后又亲往荆江分洪地区视察，调查掌握具体情况。李葆华去武汉后，周恩来不断与李葆华进行电话联系。

在李葆华汇报情况的基础上，周恩来对原来起草的《政务院关于荆江分洪工程的决定》初稿进行了部分修改，另一方面加紧进行物资、人力的准备工作。

3月7日，周恩来在给邓子恢的电报中说：

> 抢修南岸蓄洪区堤及两个闸所需器材，除中南可自行解决者外，尚缺何项物资需由中央调拨，望即作出详细计划，径电中财委请拨。如人力及其他尚有困难，亦请电告。

3月29日，周恩来写信给毛泽东并刘少奇、朱德、陈云：

> 送上1952年水利工作决定及荆江分洪工程的规定两个文件，请审阅批准，以便公布。关于荆江分洪工程，经李葆华与顾问布可夫去武汉开会后，又亲往沙市分洪地区视察，他们均认为分洪工程如成，对湖南滨湖地区毫无危险，

且可减少水害。工程本身关键在两个闸，节制闸与进洪闸，据布可夫设计，6月中可以完成。中南决定努力保证完成。

　　我经过与李葆华电话商酌并转商得邓子恢同志同意，同时又与傅作义面商，决定分洪工程规定修改如现稿。这样可以完全解除湖南方面的顾虑，因工程不完成决不分洪，完成后是否分洪，还要看洪水情况并须得政务院批准。至北岸分洪的根治办法及程颂云，即程潜，所提意见，当继续研究。

中南军政委作出分洪决定

1952年3月4日，中南军政委员会召集湖南、湖北两省负责同志和中南水利部、农林部、交通部等有关部门和单位的负责人，审议《荆江分洪工程计划》的实施方案。

3月15日，中南军政委员会第七十四次行政会议通过《荆江分洪工程计划》的实施办法，并作出《关于荆江分洪工程的决定》：

> 查荆江大堤的安危，不仅关系湖北、湖南两省，而且是长江交通要道，关系全中国经济体系。
>
> 但荆江大堤却是长江全线最薄弱最危险地带，堤身高出地面十多公尺，堤防险工迭出，每当汛期，洪峰逼临，时有溃决之虞，如一旦溃决，将使江汉平原变成大海，不仅江汉300万人及700万亩良田被淹没，并要影响长江通航，贻祸将不堪设想。
>
> 且在短时期内又难以善其后，为适当减除荆江大堤的危险，确保长江航运畅通，并保障两湖人民生命财产的安全起见，除荆江大堤本

身加固外，荆江分洪工程是目前十分必要的迫切措施。

　　长江水利委员会在去年提出此一计划，业经中央水利部研究，提请政务院作出决定，本会3月4日召集湖南、湖北两省负责同志及本会水利、农林、交通各有关部门负责人商讨，一致同意荆江分洪的计划，认为此一计划的方针是照顾了全局，兼顾了两省，对两湖人民都是有利的，并经中南军政委员会第七十四次行政会议通过作出如下决定：

　　一、荆江大堤继续培修加固，保证安全渡过洪峰到达1949年的水位。

　　二、荆江南岸蓄洪区堤工及南面节制闸立即动工，必须于6月前完成，背面进洪闸争取同时动工，汛前完成。

　　三、蓄洪区移民事宜由湖北省人民政府于汛前完成。

　　四、1952年不拟分洪。如万一今年水量过大，万不得已需要分洪时，需经全会报请政务院周总理批准后方能执行。

　　五、长江北岸蓄洪问题，应积极进行勘察，俟勘察完毕，作研究后再行确定。

　　六、这一工程所需人力、物力非常浩大，而时间又甚短促，为胜利完成此一艰巨的政治任务，指定：

1. 分洪工程以军工为主，南线堤工由军工担任，虎渡河西岸山地工程由湖北动员民工担任，南面节制闸由湖南动员民工二万人、湖北动员民工一万人担任，兵团部全部调任分洪总指挥部工作。

2. 湖北省荆州及湖南省常德两专区全部军政机关力量，听候总指挥部调动，负责供应工作。

3. 中南水利部、长江水利委员会须将全力投入此一工程。

4. 荆江大堤培修加固由中游局负责。

5. 运输任务由交通部负责。

6. 物资及日用品之调拨供应由财委系统各部门负责。

7. 工人及干部的调配、宣传、教育、医药卫生、保卫工作、劳动改造队的调配管理，及施工区司法工作等，由中南劳动部、人事部、文化部、教育部、卫生部、公安部及最高人民法院中南分院等部门分担，并须指定专人负责进行。

七、成立荆江分洪委员会，以李先念为主任委员，唐天际、刘斐为副主任委员。

李先念任荆江分洪工程总指挥部总政治委

员，唐天际任总指挥。副总指挥有：王树声、许子威、林一山，副总政委为袁振。

八、荆江分洪委员会及其指挥机构有权径与各方面商洽与决定一切有关分洪工程事宜。并有权调拨有关分洪工程进行的人力、物力。在工程上所需器材，加工订货，物资运输等均须享受优先权。各有关部门，必须大力支持，不得借故推延。有关地区各级人民政府必须听候调度，协力完成。

九、其在人力、器材及技术等各方面，凡中南力量不足者，荆江分洪委员会总指挥部应迅速提出具体计划，请求政务院帮助解决。

4月3日指挥部设在沙市，又同时成立进洪闸、泄洪闸和荆江大堤加固等三个指挥工程部，具体负责工程的实施。进洪闸指挥长任士舜，泄洪闸指挥长田维扬，谢威任荆江大堤加固指挥长。

分洪工程包括：荆江大堤加固；太平口进洪闸；黄山头虎渡河节制闸及拦河坝；分洪区围堤培修；南线大堤等。

工程实施分为两期，1952年4月5日全面动工兴建，至6月20日，以75天时间建成荆江分洪第一期主体工程。

二、施工建设

● 饶民太说:"水涨土高,坚决战胜洪水,人定胜天,口子一定要堵住!"

● 李先念郑重地说:"我一定要奖励你这个碎石先锋!"

● 卢贤扬说:"同志们,你们辛苦了,我代表师党委感谢你们!"

分洪工程全线开工

1952年4月5日,荆江分洪总指挥部发布命令,荆江分洪工程建设全线开工。

在荆江分洪地区,大家居高远望,虎渡河急急地由分洪区西侧流过,长江从右边曲折东下,分洪区形成江河环抱的洼地。

这次荆江分洪工程计划中,决定在虎渡河入口处,建太平口进洪闸,在藕池口以北、黄山脚下,建黄山头节制闸。

这片900余平方公里分洪区的建立,是为了分泄荆江洪水,调节荆江水位,减缓江水流速,增加荆江大堤的抵御能力,使江汉平原300万人口免除洪水的威胁,使湘北人民免除终日忧心洪水泛滥之苦。

大家都听说过,江汉平原上,人们世代传说着乾隆年间的大洪灾。

那时荆江大堤溃决,洪水直奔江汉平原,江陵以下一片汪洋。数百万平方米良田被淹没,房屋被冲塌,人们扶老携幼,四散逃命。

那次水灾,使原来土地肥沃的江汉平原,尽成了一片泽国,一直荒了十余年。

1945年夏秋之交,江水又袭击荆江南岸人民,北自太平口，南至藕池口，全被淹没。

当地的群众形容当年的水势说："站在黄山头上就可以洗脚。"

当年人们流离在避洪山上，衣食无着，水灾又带来了瘟疫，死去的人无法计算。石首县茅草区萧家乡一带3000多人口死了1000多人。

尹大村孙家卿的母亲回忆起当时的情景说："我家在31天里死了三口人，八月初五死了大儿子，九月初一又死了丈夫，九月初五又死了二女儿。粮食冲走了，人死了，一家人坐在堤上哭。可是那个时候，家家挨饿，家家死人，谁能顾得上谁呢？"

孙大娘记得很清楚，当时她抱着死了的孩子仰天哭喊，可是回答她的只有那洪水冲击堤岸的声音。孙大娘还亲眼看到她的邻居杨新志扛着一点粮食往外跑，洪水从他身后冲过来，杨新志越跑水越大，浪头打来，杨新志就不见了。

但是，当时的国民党却没有作出任何救济，他们根本不关心人民的死活，而且在洪水刚退的时候，地主就进门要租。

当时被水灾追逐着的人们在想："我有一只木划子就好了。""我什么时候能睡在干地上？"他们更想着能够支配大水，不使它任意泛滥。

但在当时，他们任何美好梦想也都只能是梦想罢了。一个老太太说："过去我节省得裤子都不置，就想置个划子，可是置不起。"

现在，新中国成立了，使人们的梦想成为现实。全国刚解放3年多，人民政府在修建淮河的第二年就决定了初步治理长江的重大措施，实行荆江分洪工程。

大家当时看到，这个工程是如此巨大：太平口进洪闸全长1000多米，54孔；黄山头节制闸300多米，36孔。数百公里的大堤环绕着分洪区。

洪水高涨的时候，就开放进洪闸，分泄江水入广大的分洪区内，可以保护荆江大堤安然无恙。江陵、监利、沔阳、汉阳、潜江、荆门、汉川等县，700万亩良田，能免受水害。另外还有14亿公斤稻谷可获得丰收。

大家相信，经过专家周密设计，分洪区堤防加上堤工们的认真修筑，必将十分坚固，洪水稳注分洪区内，湖南北部的人民也将不用一听到"水来了"就惶惶不安、四处奔走了。

而且大家知道，这样一来，从此根治长江水患也成为可能。

分洪的准备工作在紧张进行着。大家沿着虎渡河堤前行，看到两旁红旗飘扬，显示着旗下万千民工、军工参加修筑工程的热情。

如果有人问正在向工地开赴的民工："老乡哪里去？"他准会愉快地回答："荆江分洪去！"

茅草区尹大乡共有2000人口，这次来了500多人，还有妇女们到堤上帮着洗衣服做饭，并且出去了40多只木船帮助运输。

每个乡的人民都在上堤以前，就互相发出了挑战书。尹大乡民兵队员唐礼忠，一听说要修堤就很快地把用具准备好了，开工以后每天早去晚回。唐礼忠的父亲有疯病，他一看到父亲病好些就动员父亲一起上堤担土。

年轻的堤工车世堂一想起1945年大水淹死了自己的妹子，他的工作劲头就更大了。车世堂把洪水看成是有杀妹之仇的敌人，把修堤看成是报仇保家的战斗任务。

车世堂还动员了30多户移民迁居。

各地人民为了江汉平原和湖南北部人民，为了荆江分洪工程的建设，他们都给予了大力支援。

长江上频繁来往的船只，满载各地送来的物资。虎渡河上帆樯林立，运送着粮食、草料、竹木、沙石等工程用料。

电讯工人们迅速地架起电话，使工地可以和沙市、武汉等各大城市通话。

邮电局流动小组设于工地，迅速发送工程区的短程邮件。

武汉、沙市等城市的数千工人先后到达工地。刚来的时候没有房子，他们自己搭工棚，有时吃不上饭，还要饿着肚子冒着雨干活。

人民解放军参加修堤的部队发挥了解放军的光荣传统，不分晴雨地赶修轻便铁路。

在宽阔地带上，部队的指战员们摆开了一排排密集的战斗阵势，到处响着锣鼓、歌声和口号。用门板架起的黑板报上写着："同志们，我们要以战胜美蒋的精神和洪水斗争。"

技术人员和大学教授、学生们也都纷纷来到工程地区，他们都感到能够参加这一次伟大的工程建设是光荣的。他们过去在大学里学过水利课程，但从没有真正办过水利，现在他们可以发挥自己的才能了。

4月5日全线动工这一天，北自太平口，南至藕池口百余里的工程线上，滚动着劳动的声音。数十万工程大军充满信心，发挥着高度的劳动热情，向大自然作战。

他们遵循"要好、要快、要节省"的"三要"精神，决心在三个月短促而紧张的时间内完成这一伟大的工程。

修建太平口进洪闸

1952年4月，在虎渡河口两侧沿长江岸两公里的一线上，摆满了无数船只。

有的轮船刚拉响靠岸汽笛，有的向远处驰去。

岸上起卸工人们的号子声比轮船发动机的声音和汹涌的波涛声更响亮。

这里就是荆江分洪工程的太平口进洪闸工地。

太平口原先叫虎渡口。虎渡口年年汛期的洪水，就像它这个名字一样令人生畏。

常常，洪水涌来，虎渡口吞吐不及，洪水涨破河口两岸狭小的河堤，造成洪荒。

久而久之，人们恨起了虎渡口这个不吉利的名字。于是，不知从哪年哪月起，虎渡口变成了一个充满了美好愿望的名字太平口。

虎渡河是长江南岸通向洞庭湖的重要河流。

太平口是流入洞庭湖的四个进口之一，沿岸不仅风光绮丽，而且有着许多优美的传说故事。

相传，河西岸有一座古刹叫弥陀寺，附近住着一户谢姓人家。

谢家只有孤儿寡母二人，母亲双眼失明，儿子还不满8岁，因儿子属虎，所以乳名叫虎子。

虎子乖巧孝顺，母亲对他更是疼爱，母子俩相依为命，日子过得很清苦。

母子俩靠给人打柴挑水为生。

虎子在少得可怜的收入中常常省出几文钱来买香，去弥陀寺拜佛，求大慈大悲的菩萨保佑他母亲双眼重见光明。

一天，虎子独自一人坐在河边，为母亲治病的事发愁。

忽然，来了一个穿着破破烂烂的化缘和尚，和尚对虎子讲：

"你不是想治好母亲的双眼吗？看你非常孝顺，对菩萨很虔诚，我告诉你一个良方。在河东面的柏枝湖边的大青石旁，长着一种再生草，如果你能顺利摘来再生草的嫩芽、嫩叶、大叶、花蕾、花朵、花籽，直至连根须也挖来，每天早中晚三次给你母亲泡茶喝，前后需100天，一天也不能间断，就可治好你母亲的眼病。不知你能不能坚持到底？"

虎子连忙下跪道："只要能治好我母亲的双眼，我就是上刀山下火海，也心甘情愿！"

和尚笑道："那就要看你的行动了。"

虎子对他频频磕头，千恩万谢。

待虎子抬头时，化缘的和尚已无影无踪。

虎子飞快地跑回家，高兴地将遇到和尚的奇事说给母亲听。

母亲听后，泪如泉涌，说："虎子啊，你可怜的父亲就是去河东打柴被大水淹死的，我是哭瞎了双眼啊！

"你年纪小，隔河渡水去河东，万一有个三长两短……"

但虎子还是执意要去河东寻药给母亲治病。

次日拂晓，虎子悄悄出发，他乘船渡河来到河东，走了一个时辰，在柏枝湖的大青石旁找到了再生草。

虎子按和尚说的小心翼翼地摘取了药材，然后兴高采烈往回走。

到家后立刻给母亲泡茶喝，就这样，一晃就过去了 99 天，母亲的双眼还不见好。

母亲伤心地对虎子说：

"我儿啊，母亲的眼病虽然没好，但你也尽了孝心啦！就不要去瞎跑了。"

虎子倔强地回道：

"母亲，您先别着急，做事不能半途而废，明天就是最后一天了，我一定去把药根挖回来！"

第二天清晨，忽然天空风雨大作，河水汹涌，波浪滔天，渡船早被卷走，不见人影。

虎子在河边急得团团转，大声喊道：

"苍天啊！你为什么这样对待我的瞎子娘啊？"

突然，一只白额吊睛猛虎跳了出来，虎视眈眈地看着虎子。

虎子大胆地对猛虎喊道：

"老虎啊,你要吃我,我不怕,但是我那双目失明的母亲就无人照顾了。今天是医治我母亲双眼的最后一天,我要去河东挖草药,老虎你若愿意帮我,请点一下头,若要吃我,就请来吧!"

只见那只猛虎,仰天长啸,然后对着虎子点头。

虎子见了,惊奇地跑过去,骑上虎背。

那只白额吊睛猛虎载着虎子,纵身一跃,跳入汹涌澎湃的水中,朝东岸游去。

虎子过河后,飞跑到大青石边,挖出再生草根,然后赶到河边,又骑上虎背。

老虎又是纵身一跃,跳进水中,将虎子渡到西岸。

正当虎子准备道谢时,老虎一阵风似的无影无踪了。

虎子马上赶回家中用药泡茶,只见这最后一道药茶,异香扑鼻,满室弥漫。

虎子的母亲喝下去后,双眼忽然重见天日了,母亲高兴地一把抱住了虎子。

从此,这条河被人们叫做虎渡河。

几个月前,这里只偶尔有几只划子靠岸,西北风带着黄沙伸展到平原上。而现在,这里成了交通方便、人口众多、喧声沸腾的"城市"了。

而且大家相信,几个月以后,这里就将出现一个长1000余米的大闸,它屹立在这块平原上,控制洪水。

荆江分洪工程北闸指挥部任士舜指挥正站在一幅进洪闸工程示意图前,一边看一边想:

"就在这样一片泥巴上，摆上近 40 万吨的重量，又要摆得十分恰当，如果有一点差错，将给国家造成不可计算的损失。"

但是任士舜知道，这个工程曾经过极其周密的计划和设计。

自长江中游解放的第一天起，人民政府就用了很大的精力研究消除荆江的水患。每逢汛期，负责长江水利的各有关机关都紧张地动员起来，人们注视着水位每一分钟的上涨。

各级党政领导机关曾经反复地考虑了用什么办法防洪对人民最有利，最后才决定了在虎渡河以东、荆江以南的地区设分洪区。

在分洪区划定以后，大家又进一步地研究如何更好地控制洪水，既减低长江的水位，又保持分洪区内的适当容量，同时节制虎渡河的流量，使洞庭湖蓄洪不至于过涨。

这样，大家就确定在分洪区建进洪、泄洪、节制 3 个闸。

太平口进洪闸是分洪工程中最大的一个闸，现在在任士舜面前展开的就是这个进洪闸工程的图表。

1951 年底，这里建闸的准备工作就已经开始了。

技术人员在这里进行钻探，分析土壤。他们对石头、沙子和土壤都进行了科学的分析。

人们知道在这样一个巨大的工程面前，每一粒沙子都非常重要，所以在沙粒分析实验室里，唐天际及各位高级负责人和技术人员们都细心地研究着沙子的质量。

苏联水利工程专家布可夫曾亲自来分洪区勘察。

他观察分析了这里的土壤、沙、石，亲自计算了长江的水位和分洪区的容量，研究了闸位的角度，并帮助进行了具体的设计。

大家原来想到，要修建这样一个大闸，按一般经验不打桩是不行的，那就要用大量的洋松打下数米深，作为闸基的地下支柱。

但据工程师说，如果那样，光打桩就需要一年的时间。

现在，大家不用打桩的办法，而是设计时经过精确计算，把重心集中到闸的中心一线上，在洪水的猛烈冲击下，闸身不至于倾斜。

大家都知道，要使闸身在洪水冲击时不向后滑动，旧的办法是加重闸的重量，而现在是把闸基和上游海漫连接起来，使上游海漫同时成为阴滑板，闸身就不会滑动了。

当然，大家根据苏联专家这些经验，是要把闸的压力、水的压力和冲力等精确地估计和计算的。

在苏联专家的指导下，使这样一个工程既节省了材料，又大大地缩短了工程日期，并且保证了闸的稳固。

长江水利委员会规划处雷鸿基处长说：

早些年我参加一个运河船闸的修建，当时那个闸只 10 米长，修了两年。

　　按这个进度计算，这个 1054 米的进洪闸是要 200 多年才能完成的。

大家听了都笑了起来。

雷鸿基接着说："至少也要 5 年吧。"

5 年的工程 3 个月完成，大家不由想起了伏罗希洛夫将军以 7 天的速度修好了顿河大铁桥以后对着工程师说："你看看，科学也要服从革命啊。"

现在，这个建闸工程从全面开工起到 18 孔底板浇成，已经进行了 26 天。大家说："在平常的日子里，26 天人们也不过只度过 3 个周末。"

而在这里，26 天除已经浇完 18 孔底板以外，还完成了建闸的全面准备工作，全面的建闸工程即将开始。

4 月 22 日清晨，当进洪闸第二十九孔底板混凝土试浇工作完成的时候，任士舜说："现在，我们更有信心地说，建闸任务可以按期完成。"

接着在 8 个工作日内，又浇完了 17 孔底板。

大家这时都在高兴地谈论着几个月以后的事：到 6 月底，大家都可以站到闸的桥上俯瞰，长江从闸下流过，水冲击着闸门，但不得进来。如果需要的话，闸门启开，通过闸门进入的洪水最大流量是 1.3 万立方米每秒，专家估计，等于黄河最大的流量。

大家都说:"到了那时,不怕长江的大水再兴风作浪,两湖人民可安全无恙。"

谁都知道这个日子越来越近了,工作也就要更加努力。

工地上斗车顺着铁路隆隆而过。担土、担沙、担石的群众高声唱着号子。推土机、起重机有力地爬动着。

到处锣鼓响、红旗飘,宣传员用号筒喊着:

看谁是模范!

6月3日的早晨,在荆江南岸太平口工地上,8万员工正在建设着荆江分洪工程太平口进洪闸。

待整个荆江分洪工程修成后,长江内将有55亿立方米的洪水从该闸流入蓄洪区。

这是荆江分洪工程紧张施工的第46天的一个早晨。

当和煦的阳光抹上工地的时候,太平口进洪闸上,刚涂上红油的巨大闸门,已展开了两翼向外扩展着,它标志着该闸8万多方混凝土工程已基本完成,工程重点已转到安装闸门。

这座1054米长的巨型水闸,面对着长江、虎渡河口屹立着。

从险峻三峡冲出的洪水,将在这里就范。

荆江两岸千百万人民的幸福生活,将从此得到保障。

早上,太平口工地显得分外美丽。大家看到,长江上成千只帆船、汽船、登陆艇都紧张地为工程赶运器材。

工人驾驶着从列宁格勒运来的巨型起重机将闸门支臂，轻轻安在闸墩上。

军工、民工挖土的铁锹、洋锹在朝阳里闪亮飞舞。

大家都以国家主人翁的姿态展开了热火朝天的劳动竞赛。

五金工人王学富、王有才弟兄两个争着参加了这个工程，他们创造了合理分工的工作方法，将铆闸门钉的工作效率，由每人每日300个提高到700至1200个。

过去曾在革命战争中流过血立过功的中国人民解放军，成万地参加了工程。

他们为祖国和平建设的意志像消灭敌人一样坚强，已有4000多人在短期内学会了操纵水泥拌和机的技术，成了工程中的主力。

他们说：

我们要在战场上当英雄，建设中当模范。

昨天，人们已将上、下游海漫工程做好，6月3日的清晨，人们正将块石抛入防冲漕。

这是苏联水利专家布可夫根据进洪闸具体情况，特有的重要设计，因此命名为"布可夫漕"。

这里的人们感谢苏联专家对中国人民和这个工程的热情援助。在这个美丽的早晨，歌颂斯大林的歌声四处飞扬。

6月3日的工程日报表上载着：

> 整个荆江分洪工程已完成74%。这就标志着：30万人和洪水的斗争已取得决定性的胜利，大汛前即可全部完成工程。

5月24日，中央人民政府水利部部长傅作义来工地慰问工人并给30万人授旗。

现在，太平口进洪闸工地上的8万民工，为了自己永远的幸福，又将爱国主义劳动竞赛推向另一个高潮。

修建虎渡河拦河坝

1952年3月下旬，一支庞大的民工队伍冒着连绵的春雨从江南的松滋到达太平口虎渡河西岸。这是松滋县首批到达工地的一个民工大队，男男女女共有1.5万人，全部来自该第十区。

天已是傍晚了，雨还在淅淅沥沥地下着，民工们暂时被分散到沿河村庄里去借宿。而带队的区长、乡长和村长，在工地上是大队长、中队长和小队长，他们此刻还不能歇息。

他们一到工地，就跟着先期到达的县长朝河边上走去。那位戴着斗笠穿着草鞋大步走在头里的大块头中年人，就是松滋县县长饶民太。

他们来到河边接近河口的地方。这里河面很宽，宽约里把路。虽然春汛还没有到来，但河面上仍然起伏着浪涛，而河那边的闸基工地上，已是一片繁忙了，尽管已是黄昏，但那边仍然有无数的人影车影在晃动、人声车声在喧闹。

饶民太指点着前面的这条虎渡河，用他那浑厚的安陆口音说："我们的位置就在这里！"他就像战争年代在孝南湖区领导游击队时交代战斗任务一样，胜券在握，不容置疑。饶民太接着说："北闸指挥部给我们的任务，就是拦腰切断这条河，筑成一条坝，拦住水，一是好让下游黄山头的节制闸施工，二是打通河西、河东两岸的交通。"

区长、乡长、村长们望着眼前里把路宽的河面，不少人偷偷伸了伸舌头。

饶民太接着说："这条坝规定长557米，脚宽169米，坝高13米，计划土方19万多方。记住：北闸指挥部只给了我们20天的时间！"

天哪！19万立方，20天时间！区长、乡长、村长们不禁面面相觑。

县长见区长、乡长、村长们都面露难色，反而轻松地笑了："怎么？还没有开工就闷头了？你们知道我早上去北闸指挥部接受任务的情况吗？我可不像你们这个样子啊。"

是的，这天早上，当区长、乡长、村长和他们的1.5万民工冒雨向太平口工地进发的时候，先一天到达太平口的饶民太也冒着细雨，渡河到东岸北闸指挥部去报到。

阎专员很高兴地把他的这位县长介绍给指挥部的其他首长，然后对他说："你们的任务分配了，请指挥部首长给你们正式下达命令。"

饶民太听到"命令"这个词，他当时心里一震，因为自从南下在地方工作后，上下级之间已很少听到"命令"这个字眼了。

现在在这个工地指挥部里，饶民太又听到了这个威严的字眼，人好像一下子又回到了那个严峻的战争年代。

湖北省军区副政委担任北闸指挥部政委的张广才向他下达完任务后，特地问了一句："有什么困难没有？"

饶民太坚定地回答："在共产党员面前，没有克服不了的困难！"

"好！"张广才紧紧地握了下他的手。

当饶民太准备返回河西岸时，阎专员还特地叮咛了一句："回去好好动员一下，这可是命令啊！"

现在，饶民太把他在指挥部接受任务的情况向这些区长、乡长、村长们讲述了一遍，他特别强调说："你们听清楚了没有？这是命令啊！这次荆江分洪工程和我们平时的工作不同，这是用打仗的方法来干的，所以上级下达的任务不能讲任何价钱！"

区长、乡长、村长们都兴奋地回答："我们一定要按期完成任务，让全工程都知道松滋县的名字！"

松滋民工3月23日到达工地，24日接受任务，25日准备。26日，这支1.5万人的庞大队伍就全体开工了。

由于这都是些祖祖辈辈没有出过远门、没有见过世面、没有进行过大型集体劳动的农民，所以在开工的最初几天，在思想上和劳动中都出现了一段时间的混乱。

民工们围着饶民太七嘴八舌地问："饶县长，这样大的河口子，怎么堵得住？"

饶民太则反问道："我先问大家一句：过去我们松滋的土匪恶霸厉害不厉害？"

这些嘴快的松滋农民不假思索地回答说:"厉害是厉害,但都被共产党领导我们把他们斗垮了!"

饶民太说:"这就说对了。那些拿枪拿刀杀人放火的土匪恶霸我们都不怕,还怕这条河吗?我们一定要像在家里斗恶霸一样把这个河口斗赢,大家说好不好?"

农民们一下子就被饶民太鼓动起来了,于是他们齐声回答道:"好啊!"

当1.5万人起初挤在一块狭窄地施展不开,每天人均工效只有0.2方土的时候,饶民太立即想出一个"堤上分行、堤下插花"的挑土法,即挑土的在堤上成"分队"走,挖土的在堤下定点"插花"挖的方法,这样工场上一度出现的拥挤窝工局面很快得到扭转,每天的人均工效成倍增长,由0.2方提高到1.9至3.5方。

民工们起初纪律性不强,规定早上5时30分上工,但已经7时了他们还没到工地。

饶民太就利用工地闲暇,分批带领民工们到对岸闸基工地去参观。当民工们看到解放军战士在军号声中列队上工下工,看到工人们在轰隆隆的拌和机下紧张而又有条不紊地流水作业时,都很受教育和鼓舞,工地初期的拖沓作风顿时转变了。

当饶民太发现有的乡中队民工在紧张而繁重的劳动中显出怕苦怕累的情绪时,他就到这个乡中队的工地去,抓起箢箕挑起土来。

饶民太用他有力的肩膀,亲自挑起担子。县长的行动比动员报告更有力量，一些曾叫苦叫累的民工们说："一看见饶县长在挑土，我们就不觉得累了！"

4月7日，拦河坝筑到河中，离东岸仅40米的时候，担土倒下去就被水冲走，突击队长唐忠英心急如焚。

饶民太和民工研究，用蛮石在下游砌埂推土。到8日坝离东岸20米时，即不能推进了，经请示上级批准拦河坝进入合龙的最后阶段。

饶民太立即召集大队长、中队长开会，准备集中全部人力物力，突击合龙。

会上，突击队长唐忠英带领的1000名民工，像英雄的志愿军那样，雄赳赳气昂昂地拿到了堵口突击队的红旗。

饶民太日夜指挥，片刻不离工地，自己不休息，还帮助民工搬运蛮石，鼓动民工情绪。

9日，口子已压成6米的窄口了，这时，突降大雨，桃汛来了！只见河水猛涨，填土填石眨眼工夫就被大水冲走了。

一位在场指导的水利工程师向饶民太建议：采取装石沉船的一字抛枕法。

饶民太立即采纳了这条建议。

于是两只被民工们称为"大柏木鼓"的木船奉命装满了柳枕、竹笼和大块石，用铁缆固定在窄口和浮桥之间，一只90吨，一只135吨。

第一只90吨的木船就要行动了，两岸沸腾的人声一下子沉静下来，万人屏住呼吸，眼也不眨地盯住这只维系万人希望的船。

现在，船底凿破了，铁缆解开了，可是，当开始下沉的船一接近窄口的巨浪时，90吨的大船竟猛然变成了一片轻浮的树叶一样，眨眼就被卷走了，两边民工发出了一阵惊呼声。

饶民太被激怒了，他屹立在岸边，大声命令说："再放第二只！"

当船工奉命正要解开135吨船的铁缆时，人们突然看见，随着一阵巨浪，船帮上飞起一丈多高的火星，接着发出了两声巨响。

原来，巨浪绷断了一根扣在船头的铁缆，又像折麻秆一样把船折成了两截。

人们惊恐地看着这只大船的半截翻卷着随浪头消失在暮色沉沉的河面上；而另一半截船被还没有绷断的铁缆拉着，在狂风巨浪中翻滚，就像一只拦腰折断的巨兽发出阵阵撕人心肺的哀吼。

好些人伤心地哭了，泪水混着雨水打湿了他们的衣服。

还有些人一屁股坐在河边的泥泞里，绝望地发出长长的叹息。

工程技术人员也都沉默了，一时束手无策。

这时，连通东西两岸的浮桥又被风浪冲垮，两岸出现一片慌乱。

饶民太用粗大的嗓门高喊着:"同志们!大家不要灰心,难道我们万把人的力量,真的就堵不住这丈把宽的口子吗?!"

饶民太的这一句话暂时把人们的情绪给稳住了。于是,他又趁势召集大队长、中队长开会,紧急商讨对策。

在一个根本就不避风雨的芦棚里,队长们围着饶民太和一盏马灯;在风雨交加的旷野里的民工们里一层外一层围着这个芦棚。

芦棚内外的讨论声交织成一片,形成一个共同的意见:还是抛枕,抛更大更重的枕。

10日,天还没亮,丁家涝乡乡长丁永善和丁人伟等27人联名建议用"八字抛枕法"。

饶民太兴奋地两眼炯炯发亮,马上同丁永善、丁人伟等民工,蹲在地上比比画画仔细研究起来。

最后,饶民太集中了大家意见,他一拍大腿,高兴地总结说:"好!利用水的冲力,八字形式,两面对抛,稳步前进,步步做牢。"

饶民太又召开中队长会议,让大家砍柳枝、运蛮石,准备充足的堵口器材。

春天的夜晚,风雨交加,冷得人直打哆嗦,两眼睁不开,很难看见对面的人。

这时,饶民太却顶风冒雨带领民工去长江边运石头。他踩着泥浆艰难地迈着脚步,雨水顺着他那古铜色的肌体,泉水般地往下流。

衣服被大雨浇透了，饶民太不断地用手背揩拭额上和流到脸上的雨水，和民工一起搬运石头。

民工多次劝饶民太："饶县长，你几个晚上都没有睡觉了，赶快去休息一会儿，这里有我们。"饶民太都婉言谢绝了。

11日，仍是大雨滂沱，道路泥泞，一步一滑，他们在极差的条件下，硬是凭着惊人的毅力和钢铁般的意志，两天里运石300方，砍柳枝2.5万公斤，完成了堵口器材的准备。

4月12日、4月13日、4月14日，桃汛猛涨，与洪水搏斗争取时间的关键时刻到了。

饶民太下定决心，要捆枕堵口。他充满信心地对干部和民工们说："水涨土高，坚决战胜洪水，人定胜天，口子一定要堵住！"

在饶民太的鼓动下，大家情绪高涨起来，惊雷般的口号声一起一伏，一浪又一浪，盖过了倾盆大雨和汹涌的洪水声。

民工们这次捆扎的柳枕，可都是些骇人的庞然大物，个个3米多长，两人合抱粗，有的近6米长，都用钢丝严严实实地捆牢，一般都重达万斤，甚至2万公斤！搬运时要数十人甚至上百人用木杠才抬得动。

4月15日，洪水涨到最高峰，3米高的洪水瀑布，好似张开血盆大口的猛虎，汹涌地扑向拦河坝。

搬运蛮石的船只，只好停泊在上游40米以外。

下游唐忠英带领的堵口突击队与洪水奋力拼搏，但捆枕没有蛮石，他焦急地直跺脚。

万分危急之际，饶民太在岸边一个箭步跳上了运石木船，他大声喊道："为了两湖千百万人民，要死我先死，共产党员跟我来！"

岸边的民工们震惊了！船工积极分子贾新华一下愣住了，待他回过神来，也奋不顾身操起船桨，随饶民太驾船前进。

惊涛骇浪一个一个扑上来，似猛兽张口要吞噬运石木船。船身剧烈地颠簸着，随时有被冲翻的危险。

此时此刻，饶民太心中只有一个信念：为了两湖千百万人民，坚决完成党交给的任务。他睁大着双眼，牙关咬得"咔咔"直响，双手用撑篙拼死抵住洪水的冲力，身体和撑篙几乎成了弓形，借水的分力将船向抛枕队的枕架边一米一米地接近。

上游的船工们还愣在岸上，眼睁睁地看着这一切，心里不相信这是真的，心脏仿佛停止了跳动，呼吸似乎也停止了，时钟好像在那一刻停摆，饶民太的身影在他们眼里渐渐变得越来越模糊。

下游，唐忠英见运石船靠过来，眼疾手快，伸着带有铁钩的竹篙用力钩住船头，一把将饶民太接过去。

饶民太稳稳地站在抛枕队的枕架边，高高举起右手向上游挥舞，示意安全过渡，一丝胜利的笑容挂在他的嘴角上。

上游船工们见饶民太的船安全无恙，他们才放了心。大家都大喊着："不怕死的，冲啊！"一个接着一个地跳到运石船上，争先恐后奋勇向下游划过来。

　　惊涛骇浪的虎渡河上泛起一只只木船，一上一下破浪前进。这一船船的石头就好像一排排汹涌澎湃的大浪滚滚向前，要让激浪低头！要叫江水让路！他们先后都成功地靠到抛枕队的枕架边。

　　饶民太带领民工开辟了水上运石路线，缩短了距离，赢得了时间。他们节省了上千人传递蛮石的人力，加快了捆枕队捆柳的速度，一个个柳枕源源不断地抛向最后的缺口，加快了拦河坝合龙的步伐，口子越来越窄，越来越小。

　　在拦河坝上紧张战斗了八天八夜，饶民太片刻未离工地，12日、13日、14日三天晚上没有合过眼，两眼挂满红丝，仍顽强地工作着。

　　饶民太几天几夜与民工一起吃了不到一顿饭，有时根本忘记了吃饭。

　　15日，通讯员张道武搭了一个小芦席棚子，想让饶民太避风躲雨，可是他在15日、16日、17日三个晚上只在棚子里面打了个盹。

　　饶民太把小芦席棚让给民工睡，自己却坐在棚子外边，他还关心地对民工们说："你们好好休息，恢复体力。"

　　通讯员张道武在一边嘟着嘴，但他拿饶民太也没有办法。

17 日，窄口只剩下一跳板宽了，已经到了合龙的最后关头。这里，不能再站在坝头抛枕，而是需要用船连成浮桥，踏着船将柳枕抬到缺口当口，以便将缺口最后堵住。

人们想起那条 135 吨的大船的命运，又害怕了。

而这时，饶民太分开人群，第一个踏上船头。于是，30 多只船和船上岸上滚滚的人流，跟在他的身后一齐向缺口会聚。

经过了八天七夜惊心动魄的搏斗，凶暴的虎渡河到底在饶民太和松滋县民工面前服输了，16 时 25 分，虎渡河大坝成功合龙。

雨停了，天亮了！雨后的大地散发出潮润清凉的气息，汹涌的虎渡河终于被驯服，老老实实地低下了头。

一条雄伟的拦河坝巍然屹立在太平口，远远望去，宛如一条长龙俯卧在虎渡河上，又似天边的一条彩虹架在虎渡河两岸，它在太阳的照耀下褐黄闪亮。

两岸的人们欢呼着，成群结队地从它上面踏过去，顾不得浑身的泥呀、汗呀，兴奋地紧紧拥抱在一起。

从 10 日开始到 17 日完成，激烈的堵口战斗一共进行了八天七夜，民工们是换班干的，工程师也是换班干的，饶民太却是一直坚守在现场。

工程师感动地说："共产党人就像是铁打的，在他们面前没有难事，有共产党人领导的工程只有胜利不会失败。"

5月1日，松滋县民工指挥部选择国际劳动节这天，在虎渡河西岸召开了隆重的庆祝虎渡河拦河坝堵口胜利大会。

上万名民工喜气洋洋地聚集在一片旷野上，主席台设在一个土台上。

北闸指挥部张广才政委、阎均副指挥长，以及荆州专区慰问团、松滋县各界慰问团参加了大会。

总指挥部还向大会发来了贺信，并发给奖金一亿元。贺信这样写道：

为了保证两湖几百万人民生命财产的安全和长江通航，在毛主席的伟大号召下，你们光荣地参加了荆江分洪伟大的工程。特别是在堵口的工程中，艰苦奋斗7昼夜，英勇坚决地完成了任务，这是值得我们祝贺的。

本部特发给你们奖金壹亿元，以资慰劳。希望你们再接再厉，克服困难，继续努力完成任务，特别是在红五月竞赛中，希望你们保证5月底完成你们所负担的土方任务。

修建黄山头节制闸

荆江南岸的黄山头节制闸工程，是整个荆江分洪工程中重要工程之一。

黄山头节制闸在分洪区南端，湖北石首县黄山头附近。

其下游有湖南的安乡、华容和滨湖等10多个县以及湖北的公安、石首等县。其作用是为了防止万一蓄洪区虎渡河东堤溃决，洪水向湖南倾泻。

有计划地控制虎渡河不致超过3800立方米每秒的流量，使洞庭湖区域600万亩、尾闾400万亩良田获得丰收，湖南北部广大人民的生命财产得到保障。

这个工程是一个近代化的控制工程，它有32孔，每孔宽9米，全长336.8米。

一方面，这个工程庞大而复杂，另一方面，施工的时间却又非常紧迫。再加上地点偏僻，交通困难，以最简单的工具，又要用最快的速度，来完成这样近代化的水利建设，这在有些人看来无疑是个奇迹。

据一些曾经在国民党政府水利机构服务过的工程师说，这个工程如果在国民党时代施工，最快的速度也要三四年的时间才能完成。

荆江水患，自从明末万历年间宰相张居正堵塞江北泄口，分洪洞庭湖以来，是一直采取舍南求北的方针。清乾隆年间，湖北封建地主又挖太平口，结果冲出一条虎渡河。

同治九年（1870年），荆江藕池口溃决，大量江水灌入洞庭。水就到了湖南。湖南原有湘江、资江、沅江、澧江四水，这四水与荆江之藕池、松滋、调弦、太平四口同时发水。洞庭湖像一个人的肠胃，进有9万立方米流量，出只有5万多立方米流量，灾患遂起。

因此而引起的冲突也不断发生。1937年，两湖官僚因争夺水利而发生天祐院事件。

国民党政府只好提出一面修堤，一边让江水自由溃泄来欺骗敷衍人民。但由于官僚机构的腐败，贪污浪费就连这一点工程也是弊病百出。

曾经有参加过当年"修堤"而现在又参加节制闸工程的湖北民工，用一首诗来讽刺当时国民党政府的所谓堤防政策，他们说：

堤上无土，堤下无坑。
挖堤做堤，剥皮见新。

他们说："这首诗意思就是说，修堤的时候没有挑土上去，所以堤下无坑；依靠原来的堤修堤，只剥去一层土就算新堤了。因此，如果把当时国民党政府这种反动的低劣无能的措施和现在这种人民治江的近代化的工程来比，更可看出这个工程的特点，不仅在时间、人力、物力上是一个伟大创举，在政治和经济意义上也是一个伟大的创举。"

大家都知道，如果说荆江南岸太平口进洪闸的作用是为了降低荆江水位在沙市保持1米，以确保江汉平原800万亩良田和300万人民的生命财产的安然无恙；那荆江南岸分洪区南端的黄山头节制闸的作用，则是为了洞庭湖流域千余万平方米良田的丰收和湖南北部10多个县人民的生命财产的安全而设。

因为整个分洪区长达900多平方公里，可容纳洪水55亿立方米，分洪区的南堤，今年已经彻底整修，而相比之下虎渡河是东堤，比较薄弱。

将来蓄洪以后，这条堤一面是虎渡河水，一面是分洪区洪水，腹背均被侵蚀，加之风浪冲击，随时可能造成险象。

一旦堤防溃决，55亿立方米的洪水将全部倾泻湖南，其后果是难以想象的。

所以军政委员会在"关于荆江分洪工程决定"中，特别强调了黄山头节制闸工程的重要性。

决定中规定，必须于6月底前完成。这样，当整个节制闸工程落成之后，即将原有的虎渡河下流截断成一小段，而把由进洪闸进口的上游洪水保持一定的流量，即3800立方米每秒。

当通过节制闸再注入虎渡河尾水入安乡河，会澧水，入洞庭湖，然后通过城陵矶回到长江。

因此，这个工程除了本身的兴建外，还要加上虎渡河西堤和安乡河北堤的培修工程，以及黄王湖的新堤工程。

为了保证这一工程的胜利完成，人民政府特意动员了10余万人的力量投入这个工程。

其中包括两湖民工，人民解放军和上海、武汉来的钢筋工人、混凝土工人、电信工人，以及水利专家、技术人员、教授、学生等。

特别是参加荆江分洪工程的人民解放军，他们不仅是战斗队，而且是国家建设的积极参加者，开工不久，他们就完成了闸基土方工程的任务。

开工不久，工程师欧阳缄便提出了用就地取材的办法，解决了到远自湖南、宜昌一带去运轻便铁道枕木的困难，节省了国家财富。

工程师王咸成经过详细的设计，减少了闸底的钢筋用量74吨，这一成就不仅节省了国家财富，而且这种设计更增加了工程的巩固。

工程所需要的块石，按原来的设计是要到湖南去运，但经过苏联水利专家布可夫的亲自勘察，认为工地附近黄山头的块石，完全可以利用。

现在，黄山头节制闸已经全部落成，一座崭新的32孔的钢筋混凝土的大闸，已经像巨人一样耸立在青葱的黄山脚下。

截至 6 月 7 日，荆江大堤加固工程已接近完成，荆江分洪工程已完成了 83% 以上。现在，太平口进洪闸和黄山头节制闸都在突击安装闸门和抛砌块石，太平口进洪闸安装闸门已由每日安装 4 孔提高到 6 孔，防冲漕的抛砌块石工程已接近完成。

　　加固荆江大堤和兴修荆江分洪工程的全体员工都在全力赶修，为争取整个工程提前于 6 月 20 日完工而奋斗。

　　荆江大堤加固和荆江分洪工程施工两个月来，已获得了决定性的胜利。广大工人、农民、军工已熟练了他们所担任的各种劳动，劳动组织已做到更健全、更合理，干部的领导经验也更丰富了。各工地的施工效率一天比一天高，工程中最艰巨的器材运输任务，也已在 5 月 25 日完成了，比原计划提前了一个月。

　　当年长江洪水来得比往年早，5 月底荆江水位已达 39.5 米。

　　全体员工感到时间紧迫，纷纷要求提前完成任务，以保障荆江两岸广大人民的利益。

　　6 月 20 日完工的决定，由各工地、各单位的共产党员、青年团员、干部、劳动模范和广大群众讨论后，得到了全体员工的一致拥护。每个单位到每个人都根据自己的具体情况，采取"包干"办法，订出了具体计划，保证提前完成自己所担负的任务。

　　太平口进洪闸和黄山头节制闸两闸工程指挥部经计算后，决定提前在 6 月 18 日完成全部闸工，担任修黄天湖围堤工程的解放军某部保证在6月15日前完成任务。工地上，在共产党员、青年团员和劳动模范的带头下，30万工人、民工和军工，已将爱国主义劳动竞赛在5月竞赛的基础上更推进了一步。

担任转运蛮石任务的军工说："毛主席在百忙中题字和派代表慰问我们，我们一定以百倍努力完成任务来答谢他。"

该部已将八秒钟装一斗车石头的工效，提高到四秒钟。

在装石中，战士青年团员黄再耀手被磨起血泡，仍不肯休息，他说："我一想起毛主席对我们的关怀，精神就来了，一点不觉痛，我要争取立大功，到北京见毛主席。"

宜昌专区2万民工已提前完成了60多万立方米土工的任务。最近一周工程的进度超过了过去任何一周，而且完成的工程都是合乎标准的。

荆江分洪总指挥部又组织一次大检查，以达到整个工程的胜利。

荆江分洪水闸分太平口进洪闸与黄山头节制闸两大部分，闸门共重1700多吨。这两部分闸门分别由武汉市江汉船舶机械公司、江岸桥梁厂和衡阳铁路局工务处承制。

为了在6月底长江夏汛到来以前全部安装完毕，制造工作必须在5月底前完工。

面对着这一紧急任务，各厂职工展开竞赛，江汉船舶机械公司第二厂承制太平口闸门绞车时，按照该厂现有设备，每制一个绞车上的涡轮就需用 12 个翻砂工，这样原定任务是很难按时完成的。

经过该厂老工人黄乐庭等反复研究，创造出将涡轮模型分为 8 块的操作法，使每个涡轮的铸造减少为一个半翻砂工，全部涡轮的制造因而缩短了 1000 多个工作日。

衡阳铁路管理局工务处在制造黄山头节制闸闸门的 42 天内就改进了 40 多种工具与操作法，使闸门制造过程大大缩短。

制造荆江分洪水闸过程中的两个合理化建议，就为国家节约了价值人民币 43 亿元的钢料。

提合理化建议的 4 位技术人员，其中李芬、丁昱、刘瀛洲 3 人是衡阳铁路管理局工务处桥梁科的行政、技术人员。

他们在代表衡阳铁路管理局到长江水利委员会接受承制黄山头节制闸闸门任务时，发现这个闸门有许多地方设计不合理，钢材耗费量大。

这个工程上的浪费被发现后，他们立即拟出修正原设计的意见，最后得到长江水利委员会的同意。

王咸成是长江水利委员会的一个工程师。他在水闸闸基底板扎钢筋工程的设计上，也发现了另一个浪费钢材现象。

王咸成发现，节制闸的闸基底板有14米长、1.05米宽。它是引用德国"韦斯卡得"公式设计的。依照原设计，闸基底板每距12厘米即安放钢筋一根。

　　这样平均分布力量的结果，就使得工程当紧之处力量不足，而大部分受力不大的地方钢筋却布置太密。

　　王咸成细心研究这种情况，并到工地和有经验的工人商量后，认为合理地在闸基某些地方放宽钢筋的行距，可以节省大批钢筋而不影响工程的质量。

　　王咸成的意见提出后，荆江分洪总指挥部为此召开技术人员座谈会加以讨论，最后肯定了王咸成的意见可行，并决定在闸基工程某些地方，加宽钢筋行距为24厘米。

　　7月1日，正当中国共产党成立31周年纪念日，荆江分洪总指挥部在黄山头举行了全线胜利竣工大会，并举行了放水典礼。

　　荆江分洪工程委员会主任委员李先念和水利部副部长张含英都到会致贺。

修建荆江防洪大堤

1952年，松滋县通讯员张道武，气喘吁吁地给县长饶民太带回这样一道命令：20天内，做好太平口附近虎渡河上的拦河坝。

饶民太心中一紧，深深知道这一任务十分紧迫而又艰巨。他立即召开指挥部紧急会议。

饶民太大声宣读了总部的命令后，他说："虎渡河拦河坝的修筑，对整个荆江分洪工程有着极为重要的作用。有了它，虎渡河下游黄山头节制闸才能安全施工。太平口进洪闸所需器材，也才能从河西扬家尖码头，通过坝上铺设的轻重铁轨，用车子运到工地。同时住在河西的数万民工，每天上工地才可以避免因船渡而浪费宝贵的时间。为了抬高水位保证太平口进洪闸器材供应，同时保护黄山头节制闸的安全，上级命令拦河坝必须在桃汛到来以前筑成。"

八区区长唐忠英，是一位浓眉大眼的英俊男子，松滋县西斋区人，早年曾跟着贺龙闹革命，抗日战争时在松滋打过游击。

唐忠英高声说："这条拦河坝长557米，底宽169米，坝高13米，共要做土方19万方左右。坝要筑在虎渡河入江之处，但这段河水湍急，河底多为流沙，筑成这座拦河坝，可是一个技术性较高的工程啊！"

饶民太也知道，要做好这个工程是很不容易的，桃汛随时可能到来。如果水涨雨多，土就会被冲走，那将会给拦河坝造成不可估计的损失，特别是大家又不太懂技术。

但饶民太心想：党把这样一个重要任务交给自己是件多么光荣的事！

于是饶民太把拳头一举，坚定地对大家说："在共产党人面前，没有克服不了的困难。"

唐忠英"霍"地站起来，他说道："是啊！日本鬼子那么猖狂，蒋介石不是号称八百万军队吗？还不是被我们打得落花流水。拦河坝也难不住我们！"

大家开始动工后，一连串的困难就接踵而来了。

有部分民工看到任务坚难，情绪很不稳定，民工大会上有的民工着急地问："饶县长，这样大的河口子，怎样堵得住？"

饶民太微微一笑，反问他道："你们说，过去土匪恶霸厉不厉害？"

民工们都说："厉害，但被我们农民组织起来打垮了。"

饶民太接着又问："美国军队厉害吗？"

民工们又回答："当然厉害，飞机和大炮多得很。但还是被我们英雄的志愿军给打得狼狈不堪！"

饶民太把话题引到堵口上，他说："长江的水大，堵口怕不怕?"

民工们激动地举起拳头，大家异口同声地呼喊起来："长江水是大，口子难堵，但我们人多力量大，是不怕的，一定要和打鬼子和打土匪恶霸一样地战胜它！"

一天，唐忠英兴奋地跑到县指挥部，来不及擦去满头大汗，他就急着向饶民太报告："饶县长，采石工地上出了一个女英雄哦！米积台镇的辛志英苦干加巧干，创造了锤石子的新纪录！"

饶民太知道，建闸工程浇灌混凝土，需要大量的碎石子，且大小要符合质量要求，全靠人工锤石，松滋县的上万名民工承担起采石碎石的艰巨任务。

唐忠英说，起初民工们没有锤石经验，怎么努力也"白搭"，双手都"开了花"，也满足不了工程进度的需求，民工们是有劲使不上。

米积台镇19岁的妇女委员辛志英胆大心细，看在眼里，急在心上，与众姐妹一合计，大胆提出了男女混班、流水作业、分组竞赛的办法。

辛志英把20个兄弟姐妹组成三线，男民工负责采石线、运石线，女民工负责锤石线。

辛志英还想出了用工地的废草袋、麻袋编成稳石箍的办法，箍着石块，用力猛锤，又快又好，一天下来，人平均工效是原来的30倍。

饶民太听了之后，高兴地跑去一看，嘿！还真是个巧办法，他紧握着辛志英缠满绷带的双手，激动地说：

"好样的！你是我们松滋人民的骄傲！"

随后，指挥部及时总结出"辛志英小组"的经验，在整个工地上推广。

民工们有多大的劲就使多大的劲，锤石纪录不断被刷新，指标杆显示不断上升，保证了建闸工程混凝土浇灌用的碎石需要。

饶民太向前来工地检查工作的李先念和唐天际等总部领导，专门作了辛志英事迹的汇报。

李先念听完汇报后竖起大拇指连声称赞，并亲切地问辛志英："你想要什么奖励呀？"

辛志英是第一次见到大领导，红着脸，低着头，双手不住地拧着衣角，腼腆地回答："我，我想要条大水牛，回到家乡搞好农业生产。"

领导们一听，禁不住哈哈大笑起来，笑得辛志英的圆脸蛋更红了。

李先念突然收住笑声，郑重地对辛志英说："我一定要奖励你这个'碎石先锋'！"

不久，一面"碎石先锋"的大红旗就高高飘扬在热火朝天的建设工地上。

民工们高兴地唱着民歌《修闸口》：

修呀修呀修得快修得牢，修好节制闸人人齐欢笑。

把洪水管制住，把农庄建设好。

用我们的劳动换来了人民的幸福。

用我们的建筑争来了祖国的富强。

挑呀挑呀加油干,每一担沙石泥土都是保卫和平的力量!

修呀修呀修得快修得牢,修好节制闸人民永远享安乐呀!

辛志英小组的姐妹们也唱起了民歌《夺红旗》:

红旗飘,红旗扬,竞赛的锣鼓打得响。

嘿哟一声石碌起,大家都来夺红旗。

红旗飘,红旗扬,立功的声音震荆江,

堤上的泥土层层起,筻子扁担咔嚓响。

想的想办法,找的找窍门,把堤修得快又好,

模范姐姐英雄哥,爱国劳动来竞赛。

嘿嘿哟嗬,嘿嘿哟嗬来竞赛!

劳动模范宜昌女民工谭云翠,为工程建设推迟婚期,在一次推斗车抢运南闸急需的钢材时,由于她三天三夜没有休息,劳累过度,在藕池口工地下坡时斗车翻转晕倒在斗车路轨上,被后面的斗车轧断了左臂。

但是谭云翠仍然坚强地对人们说:"我虽然失去了左臂,但我还有右臂,还是可以为工程建设出一分力量。"

劳动模范长江航运管理局海员鲍海清,采用了苏联的先进运输经验一列拖带法,使工地所需的材料、物资运输提前一个月运完,确保了工程施工的进展。

一天晚上,饶民太回到指挥部的芦席棚里。他坐在床边脱下已磨穿底的草鞋,只见双脚上打起几个大血泡,脚丫都烂掉了。

警卫员刘元清提着马灯站在一旁,他难过地说:"饶县长,你成天泥巴里来泥巴里去,看把一双脚都磨成啥样了!"

饶民太忍着钻心的疼痛,用针小心地挑破血泡,顿时鲜血渗了出来,通讯员张道武赶紧上前拿起药棉慢慢擦。

张道武一边擦,一边心痛地问:"饶县长,疼吗?"

饶民太眉毛一扬,笑着说:"不碍事,当年我在武汉外围东西湖打游击,双脚成天都泡在水里,冬天来了,湖里的冰碴像刀一般割得腿和脚生痛,鲜血把湖水都染红了,我们还不是一样的行军打仗,连女同志都是一样!"

刘元清和张道武在一旁都难过地流起泪来,饶民太看见了,"扑哧"一笑,说:"小刘,小张,坚强些,我们革命者可不能轻易流泪呀!来,我们一起唱一个《荆江分洪小唱》。"

接着,饶民太就小声哼起来:

湖南那个湖北靠长江喽,荆江哟两岸好地

方，湖广熟哟天下足喽，米粮哟出在呀荆江旁。

听着这熟悉的乡间民歌，小刘、小张擦去眼泪，跟着唱起来：

只怕那个荆江洪水涨喽，洪水哟翻堤水茫茫，田地淹没粮食绝喽，房倒哟屋塌呀泪汪汪；

荆江那个年年修堤防喽，我们哟日夜担惊慌，年年免不了倒江堤喽，岁岁哟逃荒呀到四方；

人民战士那个爱人民喽，夜哟不安呀把法想，看出荆江在危害喽，定下日哟分洪呀好主张；

荆江它是我们性命根喽，分洪哟是国家大事情，男女老少齐动员喽，一定哟要完成这个大工程；

不怕那个6月大水涨喽，不怕哟彩虹挂西方，有毛主席来领导喽，改造哟荆江呀有决心。

修筑黄天湖防洪大堤

1952年,就在松滋县民工激战虎渡河的时候,人民解放军也在黄山头摆开了战场!

黄山头这个处于湖北公安县湖南安乡县交界的小镇,此时已经云集了中国人民解放军二十一兵团和地方工人、民工组成的10多万建设大军。

大家看到,黄山头工地的主要任务,一是要修建一条南线大堤,挡住分洪区的洪水,作为湖南的屏障;二是要在虎渡河上修一座节制闸,控制虎渡河流入洞庭湖的流量。而这两项工程的动工,都聚焦到黄山脚下的一片方圆数里的黄天湖上。

据说,黄天湖原先叫王田湖,因它早年归一位姓王和一位姓田的人所有。后来又因为这个湖经常溃漫成灾,沿湖老百姓常常望洋兴叹,所以王田湖就被叫成了"皇天湖"。再以后,大概是人们觉得"皇天"不太吉利,湖名才最后演变成了黄天湖。

1935年发的那次大水,灾民们只好露宿在黄山脚下。当时灾民中又流行一种当地叫"窝螺症"的瘟疫,很多灾民就在这可怕的瘟疫中死去。

有一位从湖南搬来的妇女,得了"窝螺症"倒在山坡上,过了两天才苏醒过来,竟从坡上坐了起来呼喊着亲人的名字，可是灾民们死的死，逃的逃，无人救她，第三天她便死了。事隔很久，人们说起"窝螺症"，仍然是谈虎色变。

今天，要在这黄天湖上拦腰筑堤，大家说，湖下可是淤泥呀！人们凝视着图纸上这条由苏联专家布可夫设计的横线，再看看眼前这方圆数里的黄天湖，心中不免害怕。

有一天，突然从湖心爆出一声惊天动地的巨响，这是技术人员在做爆破清淤的试验。

大家看到，湖心中腾起一团巨大的淤泥，然后成扇状射向天空，变成一片遮天蔽日的无数朵黑色的泥花。湖心爆炸点上，顿时出现了一个巨坑。

"成功了！"湖边发出一阵欢呼。没想到欢呼声未完，一阵泥花就从天空上洒落下来，不少人的背上、肩上，甚至脸上都落上了一团稀泥，顿时人群中发出一阵憨笑。

大家再看湖心炸出的那个巨坑，转眼又被四周淤泥填平，于是人们只好摇摇头。

"爆破不行我们上！"解放军战士们喊道。

就这样，担任总指挥部副指挥长兼南闸指挥长的二十一兵团军长田维扬下定决心，抽两个师的兵力投入黄天湖清淤战斗，一个师摆在湖东，一个师摆在湖西，命令他们13天结束战斗，会师湖心。

这项计划中的南线大堤要跨过450米宽的黄天湖，湖中的淤泥最深处达到4米，加上当时正值"清明时节雨纷纷"的春寒日子，清淤的难度可想而知。

但正是由于工程的艰难，人民解放军的英勇顽强，才使这场没有硝烟胜过硝烟的腰斩黄天湖的战斗多少年后还在被人们传扬！

1952年3月28日，中南军区直属部队的一个师奉命以急行军的速度到达黄山头。部队背包还未解开，师长卢贤扬就直奔南闸指挥部去报到和领命。

该师接受的任务是：担任湖心西面一段360米的湖面清淤筑堤任务。堤面宽6米，脚宽80米；高出湖面11米，加上湖面到湖底深5米，堤高共16米。

另外，堤两边还各建一道宽50米，高出湖面1米的禁脚线。全部工程土方约35万立方米，清淤的工作量无法计算。

军长田维扬对卢贤扬下达了命令："4月1日开工！首先给我把黄天湖拿下来！"

"是！我就是用手捧，也要把黄天湖的淤泥给捧干！"卢贤扬回答得很坚决，落地有声。

新中国第一个水利工程就是用打仗的办法完成的！对这些还披着战火硝烟的战士，如今拿起了他们祖祖辈辈熟悉的锄头、铁锹、扁担、箢箕等农具。他们从心底里呼喊着：我们终于开始大规模的经济建设了！世世代代受苦受难的父老乡亲就要过上好日子了！

4月1日，腰斩黄天湖的战斗打响了。战斗的第一步是围水，先从堤线两翼伸出两条堤坝。

战士们成群结队地把一担担土从湖边上倒下去，起先土一倒进湖里，好似"泥牛入海无消息"。

接着十担、百担、千担……倒进湖里，这会儿"小荷才露尖尖角"。

终于，坝身从湖底露了出来，而且一寸一寸地向湖心延伸。

天黑了，煤气灯又亮了起来，霎时间黄天湖上灯光辉映，人声鼎沸，开始了一个不眠之夜。

第二天又是日夜连续作战！

第三天，按计划提前半天，从湖两边延伸的堤坝终于在湖心合龙了，两个师的战士们纷纷丢下扁担跑上前去在湖心中紧紧拥抱，两位师长的手也握在了一起！

围湖成功了，抽水机开始日夜吼叫，围子内的湖水抽干了，淤泥全部袒露出来。

西边一个师的7000多名战士早已等不及了，他们脱掉草鞋，卷起裤腿，争先恐后跳进还很冰凉的淤泥里。

大家都说，这是一个什么鬼湖啊！稀泥的表层散满着死了的鱼虾和腐烂的水藻，几千双脚一踏进湖里，立刻就搅起了阵阵催人呕吐的腥臭。

而淤泥里，还隐藏着无数的死菱角、螺蛳和蚌壳碎片，好似凶狠的敌人隐藏在暗堡里，随时要向发起冲锋的勇士发难！

果然，好些战士的脚和腿被刺破，乌黑的淤泥上出现了一缕缕殷红的血水。特别是那死菱角的刺,刺破脚和腿后会断在肉里,散发出毒汁,使腿脚顷刻就肿得又痒又痛。

所有战士的脚,几天后经稀泥浸泡,脚皮都变得像脆弱的白纸。淤泥浅的地方没过大腿,稍深的地方就齐了腰。开始有的战士不小心,一脚踏进深泥里,眨眼工夫就只剩下个头,大家赶紧施救才把他拉了出来。

7000多人就在这样的淤泥里苦战了几天,脸盆、钢盔都用上了,但淤泥好像没有削减,仅在湖的边沿就露出了下层淤泥。

这时,天空下起了大雨,本来已抽干了的围子内又布满了一层水。围子外的湖水更是涨得快与围坝堤顶平齐,风浪凶狠地冲击着围堤。

战士们受到内外夹击,在风雨交加中又要清淤,又要排水,又要护堤,战斗进行得异常紧张和艰苦,丝毫不亚于火线战场!

风雨中,卢贤扬始终屹立在前沿。这位从四川走出来的参加过二万五千里长征的老红军,身上留着几处伤痕,右脚踝骨以下麻木了,右肩里还残留着弹片。

此时卢贤扬心急如焚,知道老家川江上春汛快要发了,因此整个荆江分洪工程必须按时完成,黄天湖的工程也必须按时完成。

于是,卢贤扬在师党委会上提出了"与黄天湖决一死战,只准成功,不许失败"的口号。会议还决定把盖工棚和挑土培堤的两个团也全部投进湖里去,师团首长也全体下到湖里去,发动了一场清淤决战。

晚上,某团一个班的战士们也在开会讨论怎样提高工效。班长范玉龙发言道:"现在的一个突出困难是缺装泥的工具,明天我们全班把包袱都拿出来,没有包袱的用裤子,裤脚扎紧以后也可以装泥。"

他们的想法与师党委会想到一块了,要决战黄天湖!

决战开始了,一个师的力量,全部投入到一片长140米、宽104米的湖心淤泥中。

部队成双行插入湖里,面对面传递淤泥。战士们把所有能装泥的东西都用上了,脸盆、水桶、饭盆、菜盆、包袱、裤子、钢盔等。

只见这各式各样的装满淤泥的东西,飞快地在一条条成双行的手中像长龙一样,从湖心传到湖滩。

有一些战士,他们站在湖心齐胸深的淤泥中,用木板、扁担,或用手、用胸部,将淤泥向湖边上驱赶。还有一些战士,则用箩筐装满淤泥,背在背上,像只蜗牛慢慢地朝湖边上蠕动。

各团的宣传队把门板报搬到湖里来了,大幅大幅的各式标语也插到了湖里,女宣传队员们也下到湖里,手举话筒鼓舞士气。

师里还在湖上架起了广播台,那震耳的高音喇叭叫了起来,各部队也把他们光荣的战旗挂了出来,一些英雄模范还把那些光荣的红花和红布条佩在胸前,鼓舞着士气。

战斗不分昼夜地在进行,满湖里都是呐喊,红旗在飘扬,淤泥在飞舞,汗水在流淌,黄天湖沸腾了!

指挥员来到了最前面,师长和政委齐齐跳进湖里,各团的团长和政委也跟着跳进湖里去了!于是,在成千上万的战士们中,到处都在喊着:"首长们都下来了,再加把劲干呀!"喊声直冲云霄。

开会讨论如何提高工效的那个班,果真在用包袱和裤腿运泥。

班长范玉龙两个脚指甲在泥里踢翻了,腿肚和脚掌又被菱角和蚌角碎片划破了几道口子,血在汩汩地流。此时见师长和政委都下湖来了,范玉龙好像完全忘记了自己腿脚上的疼痛,鼓起勇气,肩上又背着鼓鼓的装满淤泥的裤腿,怀里抱着鼓鼓的装满淤泥的包袱,在湖心淤泥里拼命地移动着。

后来,宣传队员将他们的英雄事迹搬上了舞台。有一段说鼓词唱得是淤泥大战中的英雄五班:

请看开工的第一天,英雄五班就经受了严峻考验,战士陈天年几乎牺牲在淤泥中:
大风迎面吹,
湖水刺骨寒,
冻得在湖里直打战。
湖的淤泥有四尺多,

一脚就踏进去三尺三。

第一脚就踏上菱角刺，

第二脚踏上蚌壳尖。

十二个人刺破二十条腿，

划破肚皮的有五对半。

陈天年生来个小，

在江西剿匪立功入的青年团——

可实在是个好团员。

他唱着"说打就打，说干就干"往湖里走，

那灵活劲儿，就像是泥鳅往泥里钻。

他一脚深，一脚浅，

一步一陷越走越困难。

刚走不到几十步，淤泥就陷到他胸前，

浑身无力，两腿软，

脸色发黄，气发喘，

陈天年用足浑身的劲，

他用力越大就越往里陷，挣扎也枉然！

小何拉他拉不动，他的根儿就好像扎在这湖中间。

拉的轻了不顶事，

再重一点拉的人也要往里陷。

大家正在无法想，有个同志发了言，

他圆圆的脸，大大的眼，原来是副班长赵心田。

他的办法想得好,
发现了一根长旗杆,
赵心田把旗杆扳离了地,
他一头拿在自己手,
一头递给陈天年。
十二个人一齐来,
嘴里喊了个一二三,
大家同时猛用力,
陈天年才被救脱了险。
  这个班不仅能够吃苦,而且能够巧干。也就是这个陈天年,想出了一个好办法,提高了工效。
晚上开了个会,
他在会上发了言,
咱们的工作方法虽科学,
用筐子水桶这样工具倒还能改善。
我提议咱们用船运泥,
装得多运得快还减少困难。
同志们采纳了他意见,
准备明天在泥上拖旱船。
次日早上动了工,
工地情形可大有改变,
有的摆队传铁桶,
有的用手把泥搬,

今天增加了几只船，
前拉后推干得欢。
同志们都滚了个满身泥，
班长还用泥画花脸，在工地做宣传。
白天的成绩真可观。
晚上又来了个突击战，怕的是碰上下雨天。
通宵的灯光一片白，
人们的精神更饱满。

在这里，分不清指挥员、战斗员、炊事员、理发员、卫生员、通讯员、电话员、警卫员、侦察员、司号员，大家来个总动员。

湖里有步兵连、炮兵连、机枪连、警卫连、工兵连、侦察连、通讯连，各连的工作紧相连。

战斗了十天并十夜，
堤身高出了水平线，
完成了突击中的突击，
战胜了困难中的困难。

  黄天湖上，正当战士们奋战犹酣时，突然，对岸发出了一阵欢呼声，原来是兄弟师已挖出了黄天湖的老底子。这胜利的消息，犹如一针兴奋剂，传遍了每一个连队。

  接着，兄弟师又从对岸派出两个团来支援，使整个工地掀起了你追我赶的高潮。

忽然，湖里又爆发出一阵更大的欢呼，战士们终于挖出了埋藏在3米以下的一块老底子。

卢贤扬在欢呼声中走下这个深沟，踏了一下这块藏在淤泥底下的坚硬的黄土地，激动地弓下身去用双手捧起一块淡黄色的硬土，在手里反复捏着，眼里闪烁着泪花。

这一刻，多少英雄的战士们都流下了激动人心的热泪！

卢贤扬又大步走向湖滩上的广播台，对着麦克风，用无限深情的声音呼喊道："同志们！你们辛苦了！我代表师党委感谢你们！"

近万名战士用众口一声的惊天动地的有节奏的呼声，回答他们的师长："为人民服务！"

就这样，堤围里的淤泥终于清干净了。据事后技术人员计算，仅这个师清除的淤泥就有3000多万立方米。

物资运到工地

1952年3月,上级提出荆江大堤加固和分洪工程,要在3个月以内完成,全部工程所需70余万吨物资,又必须赶早运到工地,藕池河涨水,把南线轻便铁路冲垮的威胁存在着,如果是涨水,也会把若干处已经采好待运的卵石冲跑。

大家遇到这些困难的时候,就会很自然地提到在朝鲜冰天雪地和美军作战的志愿军,他们还记得几天前来到分洪区的志愿军代表向全线军工、民工的慰问与祝贺。

在工棚里,大家到处都传述着李先念最近亲临分洪前线勉励大家的话:

困难是存在的,但我们必须拿出共产党人革命的精神和革命的办法,彻底克服它。

30余万建设大军庄严宣誓:

紧紧掌握这短促的时间,克服一切困难,如期完成任务!

而运输战线上的指战员们也发出了他们的行动口号:

把供应工程的一切器材，迅速抢运到工地！

开工的前一阶段，运输供应是个非常重要的环节。前线指挥部及时抓紧了这方面的领导。

李先念亲自主持会议，着重研究运输供应问题。荆江分洪总指挥部唐天际、许子威等都曾亲赴太平口工地，视察起卸情况。

副总政委袁振也曾亲往彩石洲和海员工人一起研究和推广苏联先进的"一列拖带法"。宜昌专署的正、副专员，经常到采石工地，那儿还有和采石工人生活在一起的县长和区长。

从汉口到宜昌的江面上，昼夜奔驰着成千上万条运输船只，它们是来自武汉、上海、南京、湖南、湖北以及四川的汽轮和民船，运来了全国各地大力支援荆江分洪工程的器材和物资。

南线、北线已经有四五十公里轻便铁路修好了，支线正在继续修建中，工地公路上，汽车已经在紧张地运送着工程材料。

在修建这些交通运输线中，工人们发挥了高度的劳动积极性和创造性。

京汉铁路90名工人参加了抢修南线工地轻便铁道的战斗，接连克服了许多困难。没有轨距尺，他们拿竹板自己做。没有弯轨器，他们就用大锤把弯曲的铁轨锤直。

钉道钉，他们把双手用的长柄大锤锯短了用单手不顾手臂酸痛来打，为了提高一倍工效。

他们想出了竹筒灌油，代替汽灯照明的办法，坚持了夜间的抢修。很快地，铺路的效率显著提高了，开始每天铺 1 公里，后来每天铺 5 公里以上。

铁路工人方之鹏说："不抢着干拖长了完工时间，汛期来到，洪水又会捣乱的。"

配合着铁路工人抢修的宜昌民工，也发挥了高度的劳动热情。

二中队何广仓等 10 名工人，抬了一天枕木，已经够疲劳了，但当他们又接受了紧急任务，要到 20 公里以外的码头，运回千余斤重的机器时，大家又一起进入了夜间战斗。

大家一直干到第二天早晨 8 时，终于完成了这个任务。大队 19 岁的女工彭德英说："为了国家的伟大建设，男女都一样，有多少力气，就拿出多少力气干。"

工程人员欧阳缄，为了节省时间和器材，提出了枕木就地取材，用杨木、柳木代替杉木的合理建议。

海员工人和来自四面八方的民船船工，是活跃在荆江分洪运输战线上的一支劲旅。他们开动脑筋，想尽一切办法，使船能装得多，载得重，走得快，安全地行驶。

多少船只都是在"保证按期完成荆江分洪任务"的口号下，积极行动起来的。

轮船的海员们，热烈地试用和推广着苏联的"一列拖带法"。

很多人都说，荆江里，夜间是不能行船的，可是现在江轮已经普遍坚持着夜航，大大缩减了该段的航行时间。

轮船的领江人员不够分配，海员们就一起召开会议研究航线，注意路标，照样安全地运送着物资。民船的船工们自愿来帮助装卸，争取多运几船石沙到工地来。

进洪闸所在地太平口，是荆江分洪工程运输的重点场所，兴工之前，这里仅是一片时常受着洪水威胁的旷野，而现在，这里集中了8万建设大军，要从平地上建筑起一座完全能控制洪水的蓄洪区的大闸门。

所以，在太平口需要卸下三四十万吨建筑器材，而每天需要卸一万余吨上岸。码头上展开了昼夜繁忙的运输装卸活动。

指挥部提出了太平口"日卸万吨器材"的口号，得到广大军工、民工们的热烈响应。

正在担负着起卸任务的战士们，是经过抗美援朝的有组织的战斗队伍，他们中间不仅有每次能挑起115公斤的易茂宣等劳动模范，而且出现了动人的事迹。

一天，有50个白天干了一整天活的工人，晚上又以20分钟的短促时间，抢运了500袋水泥。水泥搬完了，他们没有休息，又一齐报名争着去抢卸机器。

一次，天上下着大雨，风吹着雨水向脸上直淋，大家呼吸都感到有些困难，脚插在泥泞中一走一滑，但码头工人们依然抬来了分洪工程急需的机器。他们提出了"不怕雨、不怕风、更不怕路滑"的口号。

4月中旬，太平口的起卸活动逐步进入了紧张阶段，解放军工程部队的指战员们在最艰苦的战斗前线发挥了他们的骨干作用。

某部炮兵连的战士们，在江登局等的带头作用和连长魏士忠的组织调配下，创造了全连每人平均3立方米的好成绩。

魏士忠对他的战士们最清楚，甚至连谁的肩头上能放多重的担子，他也摸了个十之八九。

但魏士忠知道，只熟悉这些还不能真正发动全连的劳动潜力，还要认真进行政治工作，深入思想动员，合理地组织和运用劳动力。这才是他和指导员的重要职责。

装卸之前，魏士忠先仔细了解了船只停泊的位置，画定了来往运送的路线，测量了起卸的距离，把任务非常明确具体地交给了大家，并且提出"装满筐"、"不浪费一分钟"等口号。

等第一船将要卸完，还在起卸尾数的时候，第二船接着就开始了，留下恰能完成尾数的劳动力量，这就使起运两船衔接中间，避免了时间和人力的浪费。

魏士忠自己在担杖的背面写着：

决心与大小石斗争

4月10日晚上，江面刮起了大风，把刚刚赶到码头的民船吹得在江中乱摆，船工们有些慌乱，载石头较多的船只，有少数人着了急，想把石头投掷到江中，以保船只安全。

正当最紧急的关头，某部五连和机枪连的指战员们连夜赶来了，200多名战士提出口号：

为祖国，为分洪工程，抢运石子救民船

夜间4个小时，战士们从载重最大的10余只船上，疏卸下了240多方石子。

1952年7月，太平口荆江分洪北闸运输处全体人员，向周总理报告完成运输任务的情形，他们写道：

周总理：我们太平口荆江分洪进洪闸运输处全体海员、帆船工人和工作干部，谨向您报告我们两个月来在运输器材战线上的成绩：

从3月24日到5月24日，我们从彩石洲、董市、宜都、南津关以及乐天溪等地区，运输了44.8万多吨工程主要材料，包括黄沙、砾石和蛮石等到太平口工地，超额并提前完成了总指挥部给我们的任务。

我们所完成的运输任务，平均每天约为100万吨/公里。这相当于运输一吨物资，每天环绕赤道走 24 周，即每小时绕赤道一转。

  在工作过程中，工人同志发挥了高度的爱国主义精神和创造性，克服了很多困难，出现了不少的英勇事迹。我们广泛地使用了苏联"一列拖带法"的先进经验，使拖轮的拖载量提高了一倍。

  船工发挥了创造性和积极性，打破了荆江不能夜航和没有引水不能开航的保守思想。这就为如期完成任务创造了有利的条件。

  这些胜利的成果，应该归功于党和毛主席的英明领导，以及各级党委、政府和全国人民大力的支援。

  我们并不满足于已得的成绩，我们向您提出保证和决心：我们坚决要在今后祖国的建设事业中，拿出更大的努力，为争取祖国美好的将来迅速到来而奋斗！

苏联专家参加建设

1952年3月、5月,苏联水利专家布可夫先后两次到工地勘察,并对工程设计与施工提出了许多宝贵的建议和意见。

布可夫对我国水利工程建设给予了热情帮助。当他卓越地完成了治淮工程的任务后,接着就转到兴修荆江分洪工程的岗位上。

当时大家都意识到,荆江分洪工程的规模很大,要有精确的科学设计,要有很强的技术性。如果按照老办法来建设,这个工程从规划设计到施工结束,最少需要3年。

施工中,布可夫帮助我们介绍苏联的先进经验,只需两个多月到三个月的时间就可修成它。

1952年3月间,荆江分洪工程刚规划设计的时候,布可夫就冒着寒风大雨,奔波在太平口、黄山头50多公里的工地上。他详细地勘察地形,了解情况,凡是工程建筑物的所在地,他都再三勘察。

工程设计中间,布可夫又提出许多关键性的意见,才使工程规划的任务得以顺利完成。

在太平口进洪闸工地上,大家都可以看到那里有一道"布可夫漕"。这是为了预防发生异常的洪水时不致把进洪闸的建筑物冲毁，由布可夫设计，在进洪闸内开挖的一道消力漕。

太平口进洪闸是根据修淮河润河集分水闸的经验来的，但因为太平口一带的地质全是沙土，加上闸的上、下游护坦前后坡度又小，如果洪水直冲闸身就很危险。

为解决这个问题，布可夫根据他丰富的水利建设经验，提出在下游护坦后再挖一道消力漕，在上游护坦前同时作一道石深沟的设计。

布可夫说，这样就可以削减洪水的冲刷力，防止洪水渗漏，使进洪闸非常安全。

现在，太平口进洪闸已快修成，消力漕已修好了。分洪区四周千百万人民，大家为了答谢布可夫，都称这道消力漕为"布可夫漕"。

在荆江分洪工程施工过程中，布可夫总是十分恳切地帮助和培养我们的工程技术人员。他不但帮助他们排除了重重困难，而且又传授了许多苏联的先进经验。

衡阳铁路管理局长沙工务段修配厂的工程师李芬，在该厂承制节制闸闸门八字压力撑时，他吸取了苏联"磨光顶紧"的先进方法获得成功，所做闸门不但牢固，而且为国家节省了钢料。

工程师王咸成根据苏联先进经验，合理地改进了南闸铺钢筋法。

荆江分洪工程中的运输工作，是件艰巨而复杂的工作。工地所需要的物资器材近 80 万吨，航程达一亿公里。

过去长江内的拖船多用欧美式的"并列拖带"法，航行既慢，载运力又低，每马力只能拖 2.5 吨左右。

布可夫介绍了苏联的"一列拖带法"后，航运效率立即提高了 150%，使原来大家最担心的荆江分洪工程的运输任务，提前一个月，在 5 月 25 日完成了。

布可夫很谦虚，他常说：这不是他一个人的贡献，而是由伟大的斯大林教养出来的全苏联工程师多年积累的经验帮助了中国的建设。

对于工程进展迅速，布可夫强调地说：这是由于中国人民伟大领袖毛主席的英明领导，由于中国人民的劳动创造出来的。

布可夫对兴建荆江分洪工程的伟大帮助，激励了每个参加荆江分洪工程的员工，特别是亲身参加这个工程的许多中国工程师，他们一致表示：

> 决心向布可夫学习，改造自己，更好地为建设祖国而努力！

三、工程竣工

- 荆江分洪工程总指挥部宣布:"荆江分洪工程胜利完成!"

- 李先念指出:"荆江分洪工程的胜利完成,是前后方的指挥员、政治工作人员……在短短时间内,克服了一切困难,夜以继日,紧急施工的结果。"

- 张含英认为:"荆江大堤经过这次加固之后,堤身较前更为稳定。"

分洪工程胜利完工

1952年6月25日,荆江分洪工程总指挥部在沙市荆江大楼发布《公告》:

荆江分洪工程胜利完成!

参加荆江分洪工程的全体员工写信向毛泽东报告荆江分洪工程胜利完工的消息,信中说:

亲爱的毛主席:

伟大的荆江分洪工程在您的英明领导下,已经在本月20日胜利完工了。我们以极大的兴奋和愉快的心情,向您报告这个工程的完成。荆江两岸千百万人民都欢欣若狂。他们正在热烈欢呼着您的名字,感谢您。

自从开工的那一天起,我们参加荆江分洪工程的30万人民解放军和劳动人民,便全力以赴,为实现您的英明伟大的决策而坚决奋斗。

施工中有很多困难。例如,工程规模浩大,施工时间紧迫,交通不便,以及技术条件不够和雨日过多等。但是,我们坚决执行了您历来教导的坚持依靠广大群众，采取革命的精神和革命的办法来克服困难，所以提前15天完成了任务。

譬如，在黄天湖排淤工程中，我们的战士便想出了许多办法，克服了令人惊奇的困难。黄天湖是一个大泥潭，里面的淤泥十分之七是腐烂植物的纤维，并且有满湖刺人的野菱角。他们克服困难排除了湖里的淤泥，穿过湖心修成了一条长达四公里的拦洪新堤。

又如宜都县17岁的女工谭云翠，她在轻便铁道上推斗车。为了和洪水抢时间，她连夜不顾疲乏地推车。有一次夜间推车她摔倒在轨道上，被斗车压断了左手。但是，她却招呼来扶她的同伴"赶快前进，任务要紧"。她说："我家是贫农，毛主席领导我们翻了身，有了好日子。为了响应毛主席的号召，只要把荆江洪水治好，我还有一只右手可以工作。"

像这样具有伟大的爱国主义和忘我精神的人，代表新中国劳动人民的高贵品质的人，在我们的工人、农民、战士、技术人员、行政人员、政治工作人员、后勤工作人员中间是不少的。上万的人这次立了功，当了英雄和模范。

此外，我们还用开展合理化建议的办法，提高了劳动的效率。扎钢筋、浇灌混凝土、探石、运输等无论哪一项工作的效率，这次都普遍提高了一倍到几倍。

尤其在土工效率，比解放前提高了一倍以上。战士戴国法这次创造了在119公尺运距内，每日能运土16立方的纪录。工程师李芬和王咸成这次改进节制闸闸底板和闸门的设计，为国家节省了大量钢料。工人们制闸门，把冲眼和铆钉都做得最好，质量最高。

特别是我们的人民解放军的指战员们，他们是"战斗队又是生产队"。为着祖国建设事业，他们在短短的时间内学会了好些技术。

许多人说：荆江分洪工程的胜利完成是一个伟大的奇迹。的确是这样。因此，我们引为无上的光荣。

但这个光荣是应当属于您的，属于广大人民的。我们在您的领导下一定会更有信心和决心把一切事情做好，以这次获得的丰富经验来迎接祖国更大规模的建设任务，把我们的祖国早日建设好，使新中国朝着社会主义的道路胜利迈进！

谨此报告，并盼望您的指示。

区内原有两条内河：一是东内河，清代称顺河；二是西内河，清代称长河。

分洪区建成后，这两条河按"统一排水"的要求逐步改建成为自北而南纵贯全区的排水主渠道，总长度约70公里。28个湖泊星罗棋布于区内，总面积约为分洪区的十分之一。

分洪区内修建完善了电力排灌系统配套工程，使农业旱涝保收；原来薄弱的工业逐步发展成为完备的电力、机械、纺织等工业体系。

区内道路纵横，四通八达，已建成三大公路干线，担负着活跃省内外经贸交流的重要作用。207国道由乌鲁木齐经沙市过长江进入分洪区到湖南长沙直抵广州。区内公路总长度300余公里。

李先念为荆江分洪工程完工，特写了一篇文章表示庆祝。李先念指出：

> 荆江分洪工程的胜利完成，是前后方的指挥员、政治工作人员、技术工作者、医务人员、文化工作者，特别是30万的军工、民工、运输工人，以及承制闸门的机器工人，响应毛主席"为广大人民的利益，争取荆江分洪工程的胜利"的号召，在短短时间内，克服了一切困难，夜以继日，紧急施工的结果。

从荆江分洪工程的兴建中，大家可以看到东北和上海运来的钢铁、京津运来的器材、中南和西南调来的交通工具、汉口和衡阳承制的闸门。

另外，大家还可以看到各地调来的大批工程技术人员，来自湖南、湖北两省的将近20万农民。

李先念说：

荆江分洪工程所产生的经济后果，是有利于发展我国的工农业生产的，因而它又加强和巩固了工人阶级与农民的联盟。

李先念又指出：

我们晓得，为了祖国的迅速工业化，为了争取美好、自由、幸福的新生活，我们应该采取革命的精神和革命的办法来举办祖国的重大建设事业。荆江分洪工程，正是这种采取革命精神和革命办法兴办水利工程的范例。在两个多月的紧张施工过程中，我们紧紧依靠群众，相信群众的力量，才迅速地克服了各种困难。我们加强了劳动力的组织与调配，不断地提高了劳动效率。在荆江大堤加固和荆江分洪工程中，涌现了成千上万的英雄模范人物和单位。

此外，由于我们有苏联专家的帮助，由于我们强调了理论与实际结合、技术与群众结合，重视群众的创造与智慧，反对资产阶级的保守的技术观点，充分吸收苏联的经验，因而在劳动竞赛与合理化建议中，出现了改进技术的群众性运动。

工程师王咸成、李芬、丁昱、刘瀛州等，因大胆修正了原闸门工程和闸基底板扎钢筋工程的设计，为国家节省了大量的财富。运输方面，由于我们打破了保守的航运观点，实行了苏联先进的"一列式拖带法"，不但大大加强了运输能力，并大大缩短了航运时间，因而提前一个月，超额完成了器材的运输任务。荆江分洪工程的兴修中，无论工程技术、劳动组织、运输保管、供给卫生、政治工作等各方面，都有可贵的经验。

分洪工程通过验收

1952年7月22日,中南军政委员会举行第八十四次行政会议。

会议听取并批准了荆江分洪工程总指挥唐天际关于荆江分洪工程的总结报告,和荆江分洪工程验收团团长刘斐关于荆江分洪工程的验收报告。

会上,中南军政委员会副主席张难先发表讲话。他认为:

荆江分洪工程的提前胜利完成,是全国人民在中央人民政府和中国共产党、毛主席英明领导下所创造的奇迹。并向参加工程的30万军工、民工和工程指挥机关致以敬意。

最后,中南军政委员会副主席邓子恢发言。他说:

荆江分洪工程的胜利竣工,是中南区乃至全国经济建设中的一件大事。它不仅免除了长江险段荆江两岸所受的洪水威胁,和使长江安全通航、促进物资交流,并为今后根治长江争取了时间和创造了条件。

在政治上，再一次显示了新中国新民主主义社会制度的优越性，证明了中国人民的创造性劳动的伟大力量，并进一步鼓舞了全国各阶层人民积极参加祖国建设事业的热情，提高了对祖国建设事业的信心。

而亲身参加这一工程的广大员工又都在实际施工过程中，提高了工程建设的技术水平和组织领导的能力，并积累和创造了丰富的经验。

会上，邓子恢号召大家说：

荆江水患基本上已经解除了，但是荆江分洪工程尚有不少未了工程待秋后继续进行，长江的治本工程有待于今后全面建设。

我们必须很好地总结这次工程建设中各方面的经验，特别是技术上的成就和经验，以迎接今后更大规模的水利建设。

中南军政委员会致电感谢苏联水利专家布可夫对伟大的荆江分洪工程在技术指导方面的贡献。

电文说：

我们于第八十四次行政会议上，听到荆江分洪工程总指挥部的总结报告和中南验收团的验收报告之后，一致认为您对伟大的荆江分洪工程胜利完成贡献甚大，尤其在技术指导方面，起了决定性的作用，特电致谢。

荆江分洪工程已验收完毕，各项工程都合乎标准。

中央人民政府水利部派出的以副部长张含英为首的验收工作人员，和中南军政委员会水利部部长刘斐为首的验收团，自 6 月 28 日开始验收，前后历时 10 天，将全部工程验收完毕。

中央验收工作人员和中南验收团认为：各项工程都合乎标准，准予验收。

验收团并认为：在这样短时间完成这样巨大的工程，实在是空前的成就。

这次验收的工程包括：荆江大堤加固工程；太平口进洪闸工程；黄山头节制闸工程，包括虎渡河拦河坝工程；分洪区围堤，包括安乡河北堤、黄天湖西堤和虎渡河西堤；分洪区内 5 个安全区堤防的兴修和刨毁横堤工程。

中央验收工作人员和中南验收团先后根据各项工程计划和竣工图表亲赴各工地作了详细的核对、检验。

验收结果：上述各项工程都按计划提前完成了，其中钢筋混凝土和土方工程，因实际需要增加了方数，超过了原订的计划。

工程质量是合乎标准的。

获得这样卓越成就的原因，是工程指挥部曾及时提出"好、快、省"的要求和"在'好'的原则下求'快'、'省'"的口号，又曾不断检查工程质量。

完工前夕，各工程领导机关又普遍进行了一次质量大检查，并曾对某些工程上的缺陷及时作了补救。

关于荆江大堤的加固工程：沙市到郝穴堤段上的 1470 余栋房屋已全部迁移，沙市市内堤底层基，炭渣和松土翻新修筑后，堤防因而大为加强。

在观音寺、祁家渊、冲和观等险工堤段，这次抛护岸石后较前安全多了。

张含英认为：

> 荆江大堤经过这次加固之后，堤身较前更为稳定。

关于分洪工程：建筑在沙积层上的巨大的现代化建筑物太平口进洪闸，是按苏联先进经验修建的，有防渗和防冲的设备，它的安全系数较原设计大过一倍。

黄山头节制闸因为建筑在山脚下的黏土层上，基础极为牢实。

中央验收工程人员和中南验收团都认为：

> 在这种土质上建筑水闸是非常合乎理想的。

节制闸旁的虎渡河拦河坝和分洪区围堤中的黄天湖新堤是整个土方工程中的两大难题。

其中虎渡河拦河坝工程是在 5 米深的河中修筑的；黄天湖新堤是清除了 6 万多方淤泥，再从两三千米距离外运来黏土筑成的。

这两项工程的高度、断面和坡度一般都做得很好。

中央验收工作人员和中南验收团也发现虎渡河拦河坝有局部堤段沉降现象。这是因为施工期间雨多土湿，时间紧迫，土层不能在短时期坚实下落。

现在，工程指挥部正增培土方，加以补救。

修建分洪工程纪念碑

1952年荆江分洪工程胜利竣工后，在荆江南岸公安县太平口与北岸沙市大堤上修建了荆江分洪工程纪念碑。

纪念碑共有两组，碑为方形塔式，3层，高10余米，花岗岩构筑，汉白玉镶嵌，新颖庄严。

中层四面，镌毛泽东题词：

为广大人民的利益，争取荆江分洪工程的胜利！

周恩来题词：

要使江湖都对人民有利

李先念、唐天际合写碑文。
邓子恢七言韵语为：

荆江分洪工程大，设计施工近代化。
北闸长逾千公尺，南闸规模亦不亚。
南堤腰斩黄天湖，虎河修起拦河坝。
蓄洪可达六十亿，从此荆堤不溃垮。

两岸人民免灾害，万顷沙田变沃野。
洞庭四水如暴涨，随时可把闸门下。
节制江水往南流，滨湖年长好庄稼。
长江之水浪沧沧，万吨轮船可通航。
如今荆堤无顾虑，物资交流保正常。
根治长江大计划，尚待专家细商量。
荆江分洪工告竣，赢得时间策周详。
这对国家大建设，关系重大意深长。
卅万大军同劳动，艰巨工程来担当。
热情技术相结合，又有专家好主张。
施工不到三个月，创此奇迹美名扬。
中国人民长建设，勤劳勇敢素坚强。
自从出了毛主席，革命威名震四方。
现在功成来建设，前途伟大更无量。
人民比对今和昔，永远追随共产党。
纪念分洪新胜利，主席英明永不忘。

下层四面，浮雕有群众施工场面，上层顶端置五角红星。碑两侧分立六角攒尖亭，碧瓦红柱，俏拔明丽。亭内石碑上刻有近千名工程模范英名。

还在分洪工程竣工前，唐天际就考虑过建碑的事。

唐天际说："建这座纪念碑要突出两点，首先要突出毛主席、周总理对人民群众的关心。毛主席当年用三天两夜的时间审阅了《荆江分洪工程设计书》，周总理检查督办，所以要把毛主席和周总理的光辉题词刻在纪念碑上。"

唐天际接着说："这个工程是 30 万工农兵建设大军经过几十个日日夜夜的艰苦奋战完成的，所以还要突出群众的功劳。怎么突出呢？我想来想去，决定建两座碑亭将 100 名甲等英模的名字刻在两边的碑亭上，并在英模中选了 3 个工农兵代表，要《湖北日报》记者给 3 人照了相，按照片的原型刻在中间的纪念碑上，代表 30 万人的功劳。"

毛泽东接见工程劳模

1952年6月20日,荆江分洪工程胜利竣工。

整个工程只用了75天,比原定计划提前了半个月。

创造了水利工程史上惊人的奇迹。

辛志英作为特等劳模在荆江分洪总指挥部召开的英雄模范代表大会上,同首长们一起坐在主席台上。

大会结束后,辛志英带着两面锦旗,牵着挂着大红花的两头大牯牛返乡。

一路上受到了乡亲们的欢迎,大家围住了她,都替她高兴,赞扬她为荆江分洪工程胜利竣工贡献了自己的全部力量。

一路上民工逢人便讲:

这是我们松滋模范得的模范牛!

同年9月,已挂职担任双龙乡副乡长的辛志英,突然接到了一个令她不敢想的通知:

去北京参加国庆观礼,见毛主席!

第二天清早,松滋城响起了锣鼓声。

县里机关干部将辛志英送到新江口轮船码头。

9月30日中午，住在水利部招待所的11位荆江分洪英模代表，接到通知要他们不要外出。

并给每人送来一包衣服，里面装着一套崭新的蓝色中山装和一套卫生衣裤。

下午，工作人员又给每人送来一个写有他们各自名字的大信封，拆开一看，他们一个个都欢喜得蹦了起来，里面装的是有毛泽东签名、印着金边金字的请柬。

毛泽东请他们参加国庆招待会。

信封内还装有一个红布制成的观礼证。

9月30日18时30分，时任水利部部长的傅作义带着他们进入了灯火辉煌的中南海怀仁堂大厅。

接待人员说："你们是毛主席请来的客人，要安排在前面。"

19时，大厅里响起了《东方红》的乐曲声。

毛泽东、刘少奇、周恩来、朱德、宋庆龄等中央领导同志步入宴会大厅。

他们的座位离辛志英的条桌不远。

傅作义对辛志英和另一位女劳模说："你们两人就代表我们这一桌去向毛主席敬酒！"

辛志英二人随着傅作义走到毛主席面前，她俩红着脸，高高举起酒杯："祝毛主席身体健康！"

毛泽东高兴地站起来，也举起了酒杯。

他见她们身穿中山服，留着短发，便问傅作义："这两位小同志,是男孩还是女孩?"

傅作义回答说:"是女孩,代表参加荆江分洪工程的30万军民来向主席敬酒!"

毛泽东笑了,说:"好,好,新社会,男女都一样!"

毛泽东又对辛志英二人说:

把家乡的水治好,为民治水,造福子孙!

四、首次分洪

● 张体学提出:"无论付出多大代价,也要确保荆江大堤。"

● 唐天际能做的,只能是在分洪区上空久久盘旋,向分洪区人民致敬。

● 荆江县防汛分洪指挥部下达《分洪紧急动员令》:"长江上游洪峰陡涨,为荆江大堤及江汉平原千百万人民生命财产的安全,奉荆江防汛分洪总指挥部命令,决定分洪。"

首次使用分洪工程

1954年5、6月份,长江中下游长期暴雨,致使荆江下段江湖暴涨。

7月,中下游暴雨未停,上游又连降暴雨。上游的暴雨雨区比中下游更广,降雨量也更强。

7月下旬至8月下旬,上游洪峰接踵而至,中下游又宣泄不及,这样的巨流量滞缓荆江一线,出现了近百年来罕见的大水,荆江大堤面临严峻的考验。

6月中旬,中央、中南行政区和长江水利委员会联合组成的防汛检查团,专程来到荆江大堤的荆江分洪区进行实地检查,包括进洪闸闸门的启闭、分洪区的安全转移等。

6月下旬,中南行政区和湖北省先后发出防汛工作的紧急指示。

湖北省委第一副书记张体学在代表省委、省政府的紧急动员报告中提出:

无论付出多大代价,也要确保荆江大堤。

7月6日,由荆州、常德、长江水利委员会中游局共同组成的荆州防汛分洪总指挥部在沙市成立,荆州专署专员单一介任指挥长，中共荆州地委书记孟筱澎任政委。

指挥部设在临江的中山横街工人俱乐部内。

7月8日，首次洪峰通过沙市，水位高达43.89米，荆江大堤全线进入紧张阶段。

荆州、沙市和沿江各县共动员12万民工上堤，最紧张阶段，上堤民工人数高达20余万。在180多公里的堤段上布置20余万人的防守大军，不到一米间隔就有一人，基本上是人挨人、手挽手地防守。荆江大堤有史以来还没有过这样声势浩大的防汛场面。

中央、中南行政区，湖北省和长江水利委员会，调来大批登陆艇、轮船、拖船、帆船、汽车、抽水机。

还从东北、广州、西南、宜昌运来大批蒲包、麻袋、蛮石。

紧张时刻，中央军委三次派飞机来荆江上空视察，沿江各级党政主要负责人坐镇前线指挥，大批干部层层划分责任堤段，定点定人，昼夜死守。

进入汛期以来，北闸早已接到随时准备开闸分洪的命令。这条横卧太平口的一公里多长的钢铁巨龙，像荆江大堤一样进入了日夜警戒的非常时期。

6月上旬，中央水利部检查组对大闸的闸门、绞车全面检查，发现个别绞车有故障，立即调武昌造船厂修理工检修。

6月下旬，沙市选调的近千名精壮启闸工人到北闸集结训练。工人们按54孔闸门分54个班，每班14人，另外每班还配有一名干部和一名警卫战士。

全闸上下左右配备了先进的通信网络。一部电台与沙市中山横街总指挥部全天24小时保持联系。条条电话线把闸东西两端和54座闸门的108部绞车连成一体。

另外，还有4部无线电步话机在闸上巡回，还架设了高音喇叭以备呼叫。沙市总部的电话，与中南区防汛总指挥部以至政务院保持直通。

有线与无线电讯，把北闸、沙市、武汉、北京连接在一起。

6月20日，北闸全体驻守员工进行启闭闸门的实战演习，演习时间选择在傍晚。两部发电机同时运转，闸身上成百盏电灯齐放，使一公里长的巨闸顿时变成一条耀眼的灯笼。经过训练的近千名启闸工各就各位。

不一会，54座闸墩同时亮起绿色信号灯，这是预备信号。站在108部绞车旁的启闸工同时把双手放在绞车的杠杆上，摆好前驱推动的姿态。

接着，绿色信号灯熄，红色信号灯亮，这是开闸的信号。红灯亮处，108部绞车同时转动，巨大的弧形闸门缓缓启开。

闸门底下"呼"的一声巨响，白花花的江水在电灯光的映照下，从闸南面腾空冒了出来，演习成功了！

这时，荆江首次洪峰还没有到来，水位还不是很高，加上只间隔开启了27孔闸门，另外27孔闸门只是模拟演习。因此，启闸后的情况不是预先想象的那样惊心动魄。

几分钟后，绿色信号灯又亮了，加上已经亮着红灯，形成了红绿灯并举，这是关闸的信号。于是，开启的闸门又缓缓闭上。

进入7月大汛后，中央水利部再次派员会同长江水利委员会、湖北省水利厅、荆州专署等对北闸的准备工作全面复查。

7月8日，荆江通过首次洪峰，全闸处于紧急临战状态。

此后，全闸实行全天24小时循环值班。每天夜晚，全闸灯火通明，54座闸墩上通夜亮着绿灯预备信号，108台绞车旁守护着严阵以待的启闸工。

1952年，荆江分洪区改建的荆江县进入分洪紧急动员的非常时期。

1952年，分洪区远移6万人到江北人民大垸。之后，分洪区内又抢筑了21个安全区，将散居安全区之外的16万人分别移进安全区。

但1954年汛期到来前，大量移民又返回他们原先的屋场，而一些孤寡老人却滞留在安全区外。

进入汛期后，荆江县开始分洪区内的转移，21个安全区成立了联乡移民指挥部。

7月8日，首次洪峰到来，防汛分洪总指挥部命令荆江县必须在7月10日前全部将群众转移完毕。

全县连夜派出大批干部下乡督促转移。

一时间，到处都有固执的老人哭叫着，死死不肯离开他们的家园，干部们干脆背上他们向安全区走去。有的老人在干部背上又捶又咬，但干部们仍然强忍着疼痛，背着老人不停步。

转移人口的同时，分洪区两万头耕牛同时转移。为避免人畜混杂发生瘟疫，耕牛只有转移到外县。各乡专门成立耕牛队，每个耕牛队配备兽医，按计划分别向邻近公安、松滋、石首、江陵等县转移，有的耕牛还远移荆门。

1952年，分洪区向人民大垸大移民时，荆江两岸曾出现络绎不绝的移民队伍。

1954年这次，则出现了一支耕牛队。这些耕牛队少则10多头，多则数十头，有的达100多头。

这么多头牛集中在一起，浩浩荡荡向10公里、数十公里甚至100多公里外的转移点远涉。每经一地，往往耕牛还未到，而赶牛人的吆喝声、牛鞭的噼啪声和牛的嗷叫声就早到了，引得路人看稀奇。

有时，懒牛不走，鞭抽也不走，赶牛的人无法，就推着牛屁股走。有时，有的倔牛撒野，挣脱缰绳狂奔，引得赶牛人一阵猛追。

人畜转移完毕，分洪区内各乡赶在7月20日荆江第二次洪峰未到之前抢割成熟的早稻。

这时，荆江县防汛分洪指挥部下达了《分洪紧急动员令》。

全文如下：

长江上游洪峰陡涨，为荆江大堤及江汉平原千百万人民生命财产的安全，奉荆江防汛分洪总指挥部命令，决定分洪。特发布命令如下：

1. 荆江分洪是我县全体人民的光荣任务，应积极动员起来，保证胜利地完成这一任务。

2. 各级指战员及全体民工应坚守阵地，不得因为分洪而放松对干堤的防守。

必须确保分洪区干堤、安全区围堤的安全，安全区涵管应昼夜紧闭，加强防守，并加紧完成堤段防浪铺护工程。

3. 凡在蓄洪区进行生产的农民、渔民，应于7月21日12时以前，全部回到安全区、安全台，以策安全，保证不淹死一人。

4. 设立分洪警报，以鸣锣放炮为开闸分洪信号。

5. 全体工作人员、武装部队紧急动员起来，与群众一起，堤上堤下，进行严密巡查，加强防汛，保证堤不溃口。并领导群众有组织地抢割粮食。

6. 保证粮食供应，保证物价稳定，做好生产救灾工作，保证不饿死一个人。

7. 全体人民应做好防疫卫生工作及消防、治安等安全工作，如有造谣破坏者，必须依法惩办。

以上各项，希我全体人民切实遵照执行为要。

此令。

指挥长：申保和

政治委员：温瑞生

1954 年 7 月 20 日

北闸三次开闸分洪

1954年7月8日,首次洪峰通过沙市后,上游金沙江、岷江和嘉陵江流域又连降暴雨。

7月19、20日,三峡和清江地区上空暴雨倾盆,三峡腹地的巴东、巫山两日间降雨量各80、90毫米,清江之滨的五峰降雨量竟达160毫米。

从川江出口南津关汹涌而下的洪流,在宜都又汇合了清江出口的洪流,直朝荆江涌来。

7月21日,沙市水位涨到43.63米,预计第二次洪峰水位将超过44.41米,沙市至郝穴一线将超过保证水位。

荆江大堤经洪水的浸泡和冲击,到处都在发生险情。

21日这一天,仅报警的浑水漏洞就有25处,有的漏洞已在翻沙鼓水。

荆江到了最危急的时刻!

荆江大堤开始颤抖,就像1931年、1935年一样。

沙市中山横街的分洪总指挥部一片紧张。

武汉中南区防汛总指挥部的电话几分钟就向沙市呼叫一次。

就连远在北京的周恩来也被惊动了。

这天下午，水位超过44米！

一个权衡了好久却不愿下达的命令，从首都北京下达：

> 紧急准备，准备分洪！

入夜，北闸绿色信号灯亮了，这次不是演习，这次真开闸了。

此时洪水离闸面只有一米多，闸工们望着夜色中铺天盖地似的洪水，有的紧张得腿发抖。

21个安全区持枪的民兵，实行紧急戒严：安全区只准进不准出。

安全区外的好些路口，几乎同时响起了示警的枪声和锣声。这些枪声和锣声，是呼唤还在安全区外滞留或行走的人们，赶快回到安全区。

180公里长的荆江大堤上，灯火成串。

10多万防汛大军涌上大堤，望着满江的洪水，望着江南太平口方向那隐约的灯火。

1954年7月21日夜，成千上万的荆江人都记得，这是荆江历史上一个难忘之夜。

时间进入了22日凌晨。

水位还在上升！沙市二郎矶水文观测站那立于江水中的水位刻度杆上升一格，中山横街总指挥部的水位示意图就上升一格，中南区防总和政务院的水位示意图也就上升一格。

中山横街总部几位指挥长把电话听筒紧贴在耳朵上。

44.20米！

44.25米！

44.37米！

中山横街总部的空气都凝固了。

44.38米！

单一介总指挥长的耳机里，终于响起从中南区防总发出的一个庄严的声音：

开闸！

单总指挥长抓起另一部电话机的话筒，镇定了几秒钟，庄严地重复着说：

开闸！

北闸所有的步话机、高音喇叭，几乎同时响起了这个庄严的声音。

闸体上那一串火焰般的红色信号灯陡地亮了。

眨眼间，大闸爆发出一片绞车飞转的轰隆声。

不过接下来所发生的景象，就是演习中没有出现过的了。

因为上次演习是低水位，江水才淹及闸门底部。现在，江水快把整个闸门堵住了。当绞车一把闸门启开，人们感到脚下的闸身闪电般地掠过一阵颤抖，接着是一声雷鸣般的巨响，江水腾空而起，万箭齐发般地直射向沉沉夜幕下的旷野。

那随同激起的水雾，使全闸上下像降下了一阵蒙蒙细雨，使通明的灯火一下变暗。

在场的千余名工人、战士、技术人员和干部，都被这惊心动魄的场面惊呆了。

为了让大闸能顺利经受首次分洪的考验，总指挥部对启闸规定了严格的程序：先开单号孔，后开双号孔，闸门开启过程中以 0.25 米为一格，每上升一格的间隔时间，都直接听从总部电话通知。

由于严格执行稳妥的启闸程序，北闸胜利地经受了考验。

22 日 8 时 22 分，北闸 54 孔闸门全部打开，分洪流量达 4400 立方米每秒。

这时，雷鸣般的巨流声震耳欲聋。闸上的人们看着滚滚洪流向分洪区倾泻而去，激动得涌出了热泪。

这次开闸，使沙市水位陡降，荆江大堤转危为安。

当日，新华社即向国内外发出电讯。

次日，《人民日报》在头版以《减轻洪水对荆江大堤和洞庭湖区的威胁，荆江分洪进洪闸开闸蓄洪》为题刊载了这则电讯：

荆江洪水从 21 日 20 时后，每小时以平均 6 公分的速度上涨，到 22 日凌晨分洪时，沙市水位已达 44.39 公尺，洪水还有猛涨的趋势。

　　因此，洪水严重地威胁着荆江大堤的安全，同时也威胁着洞庭湖区的安全。

　　此时，中南区防汛总指挥部经呈请中央人民政府政务院批准，当即命令荆江分洪防汛指挥部开闸分洪。开闸后，沙市水位当时就停止涨势，22 日 11 时，沙市水位已落到 44.30 公尺，下降了 9 公分，水势暂时保持平稳。

在《人民日报》7 月 26 日的第二版上，对这次开闸分洪的效果又进行了报道：

　　长江中游的荆江分洪区自 22 日凌晨开闸蓄洪后，到 24 日 18 时，分洪区内藕池以上又蓄起水来，自开闸到现在，闸身、闸基、堤段都安全无事。开闸后长江在太平口水位顿时落 1.3 公尺，荆江大堤沿江水位均相应下跌，使荆江大堤安全度过了第二次洪峰。

　　现在，湖北、湖南省的荆江、沙市、南县等 8 个县、市及长江水利委员会等单位的 4 万余工人、民工和干部，正在不分昼夜地看管南、北闸，坚守分洪区周围 259 平方公里的堤段安全。

北闸22日首次开闸,27日13时10分关闭,这次分洪总量23.5亿立方米。

54孔闸门徐徐下降,截断了闸身下汹涌的洪流。就在闭闸的这天晚上,大闸上绿色的信号灯又亮了,刚刚合眼的工人们,重新进入紧张状态。

从7月23日,北闸首次开闸后的第二天起,长江上游金沙江、岷江、赤水、乌江再次暴涨,洪流汇集,汹涌直下,沙市总部又发出准备迎战洪峰的命令。

7月29日,三峡地区又降暴雨。沙市水位开始急剧回涨,次日6时15分,当沙市水位回涨至44.24米时,总部再次下令开闸分洪。

这次分洪流量4000立方米每秒,到8月1日15时5分,沙市水位降至44.18米时关闭,分洪总量17.17亿立方米。

至此,分洪区已蓄水47.2亿立方米。

几乎在北闸第二次开闸的同时,金沙江、岷江、嘉陵江、乌江又开始降雨,刚刚由第二次分洪下跌的水位又急剧上涨。

预计此次洪峰将使沙市水位高涨到45.63米。洪水将漫过荆江大堤堤顶。于是,刚刚关闭的闸门,又在沙市水位上升至44.35米时第三次启开,此时是8月1日21时40分。

分洪区经过两次分洪，只剩7亿立方米容量。第三次开闸后，分洪区将有爆满的可能。如分洪区爆满，保卫湖北的分洪区南线大堤和各安全围堤将出现危险。于是，早已严阵以待的南闸到了启用的时候。

与太平口相距百里之遥的黄山头，汛期以来，也与太平口、荆江大堤一样处于高度紧张状态。这里有控制着流向洞庭湖水量的节制闸，有保卫湘北平原的南线大堤，有分洪区海拔最低的"水袋子"黄天湖。

北闸开闸分洪后，洪水首先流向黄天湖，然后随着水位的上升向北倒灌。现在，由于北闸连续三次开闸进洪，黄天湖水位超过42米，分洪区围堤一些堤段和南线大堤频频告急。

终于，在黄天湖水位涨至42.08米时，沙市防总按中南区防总的指挥，命令解放军工兵部队在黄山头上游的肖家咀，炸开虎渡河东堤，同时开启南闸，让分洪区内蓄水从虎渡河由南闸泄入洞庭湖。

南闸虽比北闸小，但各项程序与北闸一样。

当绿色预备信号灯一亮，数百名启闸工肃立在绞车旁，红色开闸信号灯一亮，32孔闸门的64部绞车同时响起来，闸门迅速启开，洪水涌出闸门，向南而去。

此时的分洪区，已是南北闸同时打开，洪水一边进一边出，吞吐并举，分洪区终未爆满。

8月22日7时50分，沙市水位退至42.70米，北闸关闸。至此，北闸顺利完成了三次开闸分洪任务。

荆江分洪区连续三次开闸分洪，蓄纳和吞吐的洪水，已超过分洪区的设计容量60亿立方米。

如果这么多的水倾注到武汉三镇，不到200平方公里的城区渍水将超过30米，而1931年汉口渍水最高只有6米。

当然这仅仅是以60亿立方米的水面论，如果分洪区不蓄纳这60亿立方米的水而导致荆堤溃决，那涌向江汉平原和武汉三镇的洪水，就远远不止这60亿立方米了！

分洪区人民的奉献

　　1954年7月荆江首次分洪，使荆江地区分洪区内装满了洪水。

　　从北闸54孔闸门中汹涌而出的洪水，随着从北向南倾斜的地势，向前翻滚、咆哮。

　　分洪区早已空无一人，连鸡鸭猪狗牛羊也没有一只。昏黄的天幕下，只剩下一些空空如也的村落，到处是一片沉寂。

　　忽然，从北头传来了滔滔的水声，是洪流卷来了。洪流卷过村庄，一座座茅草房、土墙屋，顷刻轰然倒塌。

　　洪流卷过树林、竹园，脆弱的枝干接二连三地折断；洪流卷过桥梁，当时分洪区还尽是木桥，结实的或不结实的，不是轰的一声拔地而起，就是嘣的一声散架。

　　最令大家感到恐怖的，是洪水所到之处，惊飞起一群群鸟雀。那种被荆江一带视为不祥之兆的乌鸦，在洪涛之上久久盘旋，"哇哇"地叫，使人心惊胆战。

　　而地上的蛇、鼠、野兔、狗獾、黄鼠狼、青蛙、癞蛤蟆，都被洪流从各自洞穴里驱赶出来，惊惶地随波漂流。除一些善游的蛇、蛙外，那些平时只会打洞的鼠、兔之类，渐渐被洪流吞没，然后鼓着涨满水的肚子翻浮出来。

不几天，分洪区被洪流灌满后，每当有小木划子出现，就会引来成群的水蛇爬上船舷，赶也赶不走。

洪流卷过百里分洪区，直指南端最低洼的黄天湖。3天后，黄天湖一片汪洋。黄山，变成了洪流中的一座孤岛。

此后，从北涌来的洪水才开始由黄天湖向北倒灌。一个星期后，分洪区全部被洪水灌满，分洪区内的水位与长江水位几乎处于同一水平线上。

大约是分洪区被洪流灌满后的一天下午，分洪区上空出现了一架隆隆低飞的军用飞机。

它先在北闸上空盘旋了几圈，然后沿着荆江飞到南闸上空，在南闸上空盘旋了几圈后，又沿着虎渡河飞到北闸。这样反复环绕着分洪区做低空飞行，久久不愿离去。

它有时飞得很低很低，当它偏着头贴着北闸闸身飞过时，那偏着的翅膀几乎快扫着闸身上的电线杆。当它在南闸做低空盘旋时，几乎要撞着黄山的山腰。

它有时飞过安全区，见成千上万的人们向它挥手欢呼，它就侧起身摇动着翅膀。有些眼尖的人还瞄见了那偏着的机舱窗户边，有一个人在向他们招手。

那个招手的人就是唐天际将军，时任中央军委防空部队政委。

唐天际当时从飞机上看分洪区，分洪区一片黄汤，那一个个散布在荆江干堤和虎渡河堤旁的安全区，就像一个个飘浮在黄汤中的救生圈。

唐天际当时的心情是喜忧参半。喜的是，他亲手指挥建成的荆江分洪工程首次运用成功。荆江大堤安在，北闸安在，南闸安在，广阔的江汉平原和洞庭湖平原安在。忧的是，分洪区人民牺牲太大。

因此，唐天际能做的，只能是在分洪区上空久久盘旋，向分洪区人民致敬。

分洪区连续三次开闸分洪，有效地缓解了荆江大堤和洞庭湖的压力，但三次涌进分洪区的洪流，已使分洪区处于超饱和状态。本来要压向荆江大堤和洞庭湖的60亿立方米的水的压力，全部转嫁到分洪区21个安全区身上。

由于各安全区围堤均系1952年年底荆江分洪二期工程中修成，仅经过1953年冬一次培修，堤身单薄。任何一个安全区的围堤出问题，都会造成惨祸，因为除了这些个"救生圈"，分洪区一二十万灾民没有退路。荆江防汛分洪总指挥部和荆江县下了死命令：各个安全区必须确保安全。

各个安全区的防汛抢险队伍，昼夜死守在围堤上。周围县、市增援的大批民工帮助各安全区守护围堤，如闸口安全区的围堤就由两万松滋民工守护。

有一天，闸口安全区围堤出现鼓水翻沙险情，万分危急。

当时，安全区内已渍水成片，无处取土抢修，闸口防汛抢险指挥部急中生智，紧急征用"德庆布匹店"所有布匹，赶制成布袋，装上稻谷和大米才堵住漏洞。

分洪之初的一段日子，几乎所有的安全区都经历了惊涛骇浪的冲击，没有一个安稳的夜。

南闸泄洪后，安全区洪水的压力开始缓解，但又面临着一个新威胁：疾病。

一二十万人猛地一下集中在这些安全区内，当时还没修建移民房，大部分人住在简易茅草棚里。

安全区几乎都渍水成片，人们的脚下很难寻到一块干地。时值8月，骄阳炎炎似火，灾民们处于上烤下蒸之中，正是疾病滋生的温床。

加之分洪区所有的蛇鼠之类，也都集中到安全区避难，安全区处于人兽共居的境地。不论夜里还是白天，人们走路稍不留意，脚上不是踩着蛇就是踩着鼠。那些死了的蛇、鼠太多，又无法掩埋，只好任凭腐烂发臭，这对人们无疑又是一个大威胁。

分洪区人民的疾苦，时刻牵连着党和政府。中央和省政府立即从天津、武汉等地调来100多部抽水机，抢排安全区渍水。

省政府和荆州专署还抽调了近百名医务人员和大量药品，组成25个医疗队，分赴21个安全区免费为灾民治病。经过努力，没有一个安全区发生流行性疾病。

分洪期间，政府还在分洪区设置了31个供应点，从四川、宜昌等地调来大批粮食和其他生活物资。

荆江这次史无前例的分洪，没有淹死一个人，没有饿死一个人，也没有病死一个人。

荆江汛期过后，为了尽快使分洪区的洪水退出，恢复生产，荆江防汛分洪总指挥部连续在虎渡河堤和荆右干堤炸开或扒开几道缺口，让洪水泄入虎渡河和荆江。

到10月底，分洪区退出农田18万平方米，尚有洪水8亿立方米。指挥部又扒开黄天湖南线干堤，到12月10日止，分洪区洪水基本退尽，退出耕地44万多平方米，占总耕地面积70%以上。

洪流退去，耕地始退出，政府号召和组织灾民开始生产救灾。

政府向灾民发放了救济款和贷款280亿元，调来大批麦种和蚕豆种，基本上满足了冬播需要。各区、乡还组织灾民广种白菜、萝卜、早南瓜等蔬菜和早熟作物，以弥补粮食的不足。

同时，多种多样的副业生产也开展起来，如捕鱼、纺织、运输、加工等。

为了帮助灾民共渡难关，荆江县委、县人委还号召和组织人力收购灾民副业生产的产品。如灾民捕的鱼，县委就号召各级机关干部尽力购买。

经历1954年下半年的人们至今还记得，那时家家户户几乎餐餐吃鱼，即使吃厌了还得吃，因为当时吃鱼就是救灾。

到了年底，灾民们开始重建家园。

从开始恢复到重返家园的过程中，人们曾经遇到一个很大的困难：淤泥。

洪水退后，整个分洪区都覆盖上了一层一尺多深的淤泥，下田和搬运困难，到处可见一些站在小船或木板上在淤泥中滑行的人。

由于政府的关怀和灾民们的努力，到了1955年春，那些洪水洗劫过的村庄又冒起了炊烟，撑起了房舍，因为它们的主人又回来了。

本书主要参考资料

《国史全鉴》 本书编委会编 团结出版社

《共和国五十年珍贵档案》 中央档案馆编 中国档案出版社

《共和国要事珍闻》 郑毅 李冬梅 李梦主编 吉林文史出版社

《和洪水搏斗的武汉人民》 湖北人民出版社

《透视当代中国重大突发事件》 程美东主编 中共党史出版社

《伟大的荆江分洪工程》 武汉通俗出版社

《荆江分洪工程的伟大胜利》 中南人民出版社

《在荆江分洪工地》 中南人民出版社